L'AMOUR, BÉATRICE

DU MÊME AUTEUR
CHEZ LE MÊME ÉDITEUR

L'Esprit de famille (tome I).
L'Avenir de Bernadette (L'Esprit de famille, tome II).
Claire et le bonheur (L'Esprit de famille, tome III).
Moi, Pauline ! (L'Esprit de famille, tome IV).
L'Esprit de famille (les quatre premiers tomes en un volume).
Cécile, la poison (L'Esprit de famille, tome V).
Cécile et son amour (L'Esprit de famille, tome VI).
Une femme neuve.
Rendez-vous avec mon fils.
Une femme réconciliée.
Croisière 1.
Les Pommes d'or, Croisière 2.
La reconquête.

CHEZ D'AUTRES ÉDITEURS

Vous verrez, vous m'aimerez, Plon.
Trois femmes et un empereur, Fixot.

Janine Boissard

L'AMOUR, BÉATRICE

roman

Fayard

à Simone Chalon

SEPTEMBRE

« Bel automne vient plus
souvent que beau printemps. »
Dicton.

Ce 12 septembre 1989

Madame,

Vous venez de regarder la signature au bas de cette page et mon nom ne vous a rien dit. Surtout, je vous en prie, ne froissez pas cette lettre, faites-moi la grâce de la lire jusqu'au bout.

J'habite le Cher, non loin de Bourges, c'est de là que je vous écris. J'ai eu la chance de vous entendre la semaine dernière au congrès sur l'enfance maltraitée qui s'est tenu à Versailles. Vous y avez pris la parole pour exposer le cas de cette petite Agnès que son entourage, par esprit de revanche, avait obligée à garder un enfant qu'elle souhaitait confier pour l'adoption : « Tu l'as fait, eh bien paye, élève-le, achève de démolir ta vie... » Enfant-châtiment, condamné à expier avec elle la « faute » de sa mère. Et qui en était mort.

Combien étions-nous dans cette salle ? Cinq, six cents ? Vous êtes montée sur l'estrade, vous avez pris le micro et, dans votre voix, il y avait tant d'émotion que le public a été galvanisé, c'est le mot : un courant est passé, irrésistible. Mon voisin s'est penché vers moi : « La voix du cœur, enfin ! » Après les discours théoriques des spécialistes, les chiffres, le rappel des lois, votre témoignage était nécessaire : il nous a rappelé à tous pourquoi nous étions là.

Madame, je crois aux rencontres. Je crois que dans la vie, la seule source de vraie joie se trouve dans le contact avec d'autres êtres, comme nous tous solitaires, et je déplore que chaque jour, par paresse, timidité ou simplement parce que « cela ne se fait pas », nous en laissions échapper l'occasion.

C'est pourquoi me voilà !

Lorsque vous êtes descendue de l'estrade, je me suis promis de vous écrire pour maintenir vivant, encore un peu, ce courant de chaleur humaine que vous nous aviez offert et vous en remercier.

Je ne vous en voudrai pas de me laisser sans réponse. Écrire est aujourd'hui un gros effort pour la plupart, alors, répondre à la lettre d'un inconnu, un importun peut-être...

Comment terminer ? Les considérations distinguées, les amicales pensées, les sentiments ceci ou cela, rien ne me paraît convenir. Et il me semblerait refermer une porte.

Aussi la tiendrai-je ouverte en ne terminant pas.

Jean Villeneuve

Paris, le 22 septembre

Monsieur,

Si j'ai mis quelque temps à vous répondre, c'est que j'étais absente de Paris. Après le congrès, je suis allée voir de la famille en Suisse et n'ai trouvé votre lettre qu'à mon retour, hier.

Dans la pile des factures, des publicités et — c'est la saison — des méchantes enveloppes du percepteur, une « vraie lettre » m'a fait plaisir.

Comment vous en voudrais-je ? Prendre la plume sans y être obligé, à cette époque où tout se dit par téléphone, télex ou minitel, c'est révolutionnaire. Bravo !

Depuis l'enfance, mon stylo est mon meilleur ami, un stylo que je remplis à l'encrier en actionnant une sorte de barrette, vous voyez ? Avec lui, j'ai composé mes premiers poèmes et, plus tard, écrit ces petits contes bien maladroits que je lisais à ma fille pour l'aider à s'endormir.

Vous ne me dites pas à quel titre vous participiez au congrès ? J'y ai trouvé du réconfort. La tâche est si lourde qu'il m'arrive d'avoir envie de baisser les bras : toutes ces mains tendues, ces cœurs brûlant de se donner et, d'autre part, privés d'amour, souvent maltraités, des innocents qui semblent condamnés au malheur.

On dit « donner le jour », c'est trop souvent « donner la nuit ». Votre lettre m'a été un encouragement à continuer la lutte, merci !

Croyez, Monsieur, à mes meilleures pensées.

Béatrice Massenet

Le 25 septembre

Madame,

Cette fois, vous allez dire : « Il exagère : revenir si vite à la charge, sans me laisser souffler, enfin, que me veut-il ? »

Mais vous me posez une question, pouvais-je la laisser sans réponse ? Je crois vous entendre : « Hypocrite en plus ! » Non ! Tout simplement heureux de saisir la perche tendue.

La raison de ma présence au congrès ? Je suis médecin et ami d'une association s'occupant de la protection de l'enfance.

« Parfois, j'ai envie de baisser les bras », dites-vous. Eh bien, je l'ai senti. Après avoir pris la parole, vous avez regagné votre place — non loin de celle que j'occupais — et vous êtes restée un moment les épaules courbées, les yeux sur vos mains croisées. Je pensais à un petit soldat au soir de la bataille : il est fatigué, il en a assez du bruit des canons et se demande si la paix existe.

Dans le combat que vous menez pour l'amour, contre la violence et la haine, il n'y aura jamais, je le crains, de paix définitive, mais chaque enfant arraché par vos soins au malheur est une victoire totale. Seulement voilà : aucune force n'est inépuisable et pour renouveler la sienne, il est recommandé de faire parfois la « guerre buissonnière ». Sans états d'âme !

Votre stylo-plume à barette, je l'imagine en écaille de plusieurs couleurs, dans les bruns et les violets. Je le vois courir sur la feuille à carreaux lorsque vous composiez des contes pour votre fille. « Composiez » ? Est-elle donc si grande aujourd'hui que ces contes ont cessé de l'intéresser ?

Je vous écris de mon jardin. Le soleil chauffe encore un peu. Sur une branche de l'érable dont le feuillage commence à s'empourprer, mon rouge-gorge m'adresse ses trilles. Figurez-vous que je l'apprivoise. Il a droit chaque matin à d'onctueuses miettes de brioche. L'autre jour, il s'est aventuré jusqu'au pied de mon fauteuil. J'aimerais avoir achevé sa conquête avant le grand froid qui risque de me l'enlever.

Dans cette mélancolique saison, votre lettre m'est apparue comme les baies de tamus qui fleurissent depuis quelques jours le long des chemins. Vous connaissez ? Ces baies n'ont pas le rouge opaque de celles du houx ou de l'églantier, elles sont translucides et l'on dirait autant de petits tabernacles où brûle la promesse du printemps.

Ne vous moquez pas s'il vous plaît.

Jean Villeneuve

Paris, le 30 septembre

Monsieur,

Les baies de tamus, celles de l'if ou du cornouiller, et les fruits du sureau, en grappes sombres, j'en faisais autrefois la cueillette dans le jardin de ma grand-mère pour jouer à la marchande. Je poussais la conscience professionnelle jusqu'à goûter ma marchandise et le jeu s'était un jour terminé chez le docteur.

Il me semblait que ce qu'appréciaient les oiseaux ne pouvait me faire de mal. J'ignorais qu'ils faisaient un tri savant entre la pulpe, inoffensive, et la graine, elle, vénéneuse !

Je ne me moquerai donc pas et me contenterai de vous envier votre jardin.

Je vis en appartement à Paris. De la fenêtre de ma chambre, j'ai le privilège de voir un marronnier. Je l'ai appelé « Voisin ». Pourquoi ne pas nommer les arbres que l'on aime ? Chacun d'eux n'est-il pas, comme nous, unique ? Je lui ai pris quelques marrons que je conserve sur la commode et jetterai à ses premiers bourgeons.

« On ne met pas l'été en conserve », assure Francis,

mon époux. Regardant ces marrons ridés et craquelés, je crains qu'il n'ait raison.

Hier, à notre association pour l'adoption, le téléphone sonne. Je décroche. Une petite voix : « Les bébés, vous les prenez bien ? » Je réponds : « Oui », et j'attends. Il ne faut pas brusquer le désespoir. « Je peux venir ? » reprend la voix. « Bien sûr, je suis là. »

Nos locaux ne comprennent qu'un salon d'attente que nous nous efforçons d'égayer avec des plantes et des photos, une petite pièce pour la secrétaire et le bureau où nous sommes deux à nous relayer. Je suis allée chercher ma visiteuse à la porte. J'ai vu apparaître une collégienne en jean effrangé et t-shirt Mickey, un sac bourré de livres et de cahiers au dos. Sa grossesse ne faisait aucun doute. Elle cachait sa peur sous un air de défi.

« Je ne veux pas de ça ! » m'a-t-elle lancé.

Je lui ai offert un jus de fruit — très important le petit bar dans mon bureau — et peu à peu elle m'a raconté son histoire. Elle a quinze ans, père directeur de personnel je ne sais où, mère à la maison, quatre frères et sœurs. Elle n'a jamais été très bien réglée et ne s'est rendu compte de son état que lorsqu'elle a senti « comme des bulles dans son ventre ».

De qui est l'enfant ? L'un ou l'autre de ses camarades de classe, elle ne saurait dire. Apprenant son état, son père l'a mise à la porte. Un médecin nous l'a adressée, elle voulait avorter.

Vous connaissez notre démarche : nous allons l'aider à mettre son petit au monde dans les moins mauvaises conditions morales et matérielles. Elle saura, si elle persévère dans son choix de nous le confier, qu'il trouvera une famille heureuse de l'accueillir et de l'aimer. En aucun cas nous ne chercherons à l'influencer.

Elle s'appelle Morgane, comme la fée. Je lui ai demandé si elle connaissait l'existence de la pilule. « Bien sûr, mais c'est trop chiant à prendre », m'a-t-elle répondu.

Ce mot laboure ma tête et mon cœur, ce mot dont le résultat est une vie.

Mais voici que je vous raconte la mienne...

Partagez avec monsieur rouge-gorge mes amicales pensées.

Béatrice Massenet

OCTOBRE

« Brouillard d'automne
Beau temps nous donne. »

Dicton.

Ce 7 octobre

Chère madame,

Est-ce le froid brusquement tombé, ou bien mon rouge-gorge aurait-il trouvé meilleure table ? Je ne le vois plus.

Ma voisine, Marguerite, accorte octogénaire, qui aime à me rappeler qu'elle a mis la main à ma naissance et a la gentillesse de s'occuper de mon linge, tandis que Léon, son mari, soigne mon jardin, a suspendu pour mon ami, à la branche du tilleul, un pain de saindoux dans une petite cage et j'émiette fidèlement chaque matin un peu de ma brioche sur le rebord de la fenêtre : en vain.

Ce rendez-vous avec une confiance, tout improbable qu'elle soit, me manque.

Merci de m'avoir parlé de Morgane. Savez-vous que cette fée était la compagne de l'enchanteur Merlin ? On pourrait en apprendre beaucoup sur les gens en analysant les prénoms qu'ils choisissent pour leurs enfants. Ils y mettent leurs secrètes aspirations, parfois un désir d'épater, de se distinguer. Sans doute les parents de Morgane ont-ils été déçus de ne trouver devant eux, au lieu de la fée dont ils avaient rêvé, qu'une petite fille de chair et de sang semblable aux autres ; alors ils l'ont laissée tomber.

J'aimais que se transmette le prénom des ancêtres, ou que l'on puise dans l'assemblée des saints, offrant ainsi à la fragilité un peu de lumière du passé. Tenez-moi au courant pour Morgane.

Je n'ai pas d'enfants et parfois le regrette. Allez, avouons-le : celui qui vous écrit est un célibataire endurci, quarante-six ans cette année, doublé — aux dires de sa famille et de quelques amis — d'un ours pas trop mal léché mais farouchement arc-bouté à son territoire.

« Ours » ? voilà qui cadre bien mal avec cette correspondance, pensez-vous. Mais au contraire ! Si l'ours refuse les mondanités, c'est qu'il souffre de n'y voir son prochain que superficiellement mais sa porte reste ouverte à ceux qui ont faim du miel des relations vraies.

Cette porte, imaginez-la en bois plein ; elle est celle d'une maison aux murs de pierre blanche, coiffée de tuiles rousses légèrement retroussées au-dessus des fenêtres. La maison est partagée en deux : un côté pour le médecin — car j'exerce chez moi —, l'autre pour le propriétaire terrien qui aime à tirer sur sa pipe en surveillant les trois mousquetaires : le saule, le tilleul et l'érable qui se disputent son jardin. Elle s'appelle *La Jouée*, du nom de ces farandoles que dansent filles et garçons à la Saint-Jean autour des feux.

Voilà ! En savez-vous assez ? Il est quatre heures ; dans un instant, je remettrai cette lettre au facteur qui me porte le courrier du soir. Avant-hier, sur le dessus de la pile, il avait mis l'enveloppe « lilas ». Vous dirai-je qu'en reconnaissant vos couleurs, je me suis senti si bien tout à coup qu'une évidence m'a saisi : les gens sont fous de ne plus s'écrire. S'écrire, c'est aussi correspondre avec soi-même : ce qu'on ne fait jamais assez, n'est-ce pas ?

Merci de me le permettre.

Jean Villeneuve

P.-S. : Une nièce vient de me déposer un petit panier de mûres. Elles sont tardives cette année mais ont rarement été si belles. Voilà que je me reproche de ne pas savoir faire les tartes...

Paris, ce 12 octobre

Cher monsieur l'ours,

Courez vite au supermarché, allez au rayon des surgelés et achetez une pâte brisée (déjà étalée). Mettez-la vingt minutes à four doux, après l'avoir piquée à la fourchette, puis tapissez-la de gelée de groseilles (modérément), ajoutez vos mûres sans craindre de les serrer, nappez de sucre et repassez quelques minutes au four.

Certains ajoutent une cuillerée de crème fraîche mais, à mon avis, cela ôte au goût sauvage qui fait l'orgueil du fruit.

Je ris toute seule en vous donnant la recette. C'est qu'avec les mots montent les images et surtout, dans ma bouche, la tiède acidité de l'enfance. Je passais des après-midi entiers de vacances à chercher des mûres, je rentrais fourbue, mains et jambes lacérées par les ronces, mais si fière et heureuse de les offrir à ma mère.

Elle a attendu ma majorité pour m'avouer qu'elle n'aimait pas les mûres et s'en débarrassait dans les cabinets. J'ai ri bien sûr, mais en moi l'enfant pleurait : ces heures d'espoir — car c'est bien l'espoir d'être aimé qui pousse l'enfant à faire des cadeaux à ses parents — pour rien ! Mais peut-on obliger les mères à aimer les mûres ?

Monsieur, j'ai une faveur à vous demander ! Promettons-nous de ne jamais essayer de nous rencontrer. Comment vous expliquer ce que je ressens ? Je prends place devant ma table, je relis votre dernière lettre, je m'assure que le stylo est plein et, vous écrivant, voici que rayonne en moi un sentiment de paix. Je comprends que j'étais fatiguée. Avec vous, je fais la « guerre buissonnière », l'accalmie dont vous parliez.

Comme vous avez raison ! Écrire, c'est prendre rendez-vous avec soi-même ; mais là, il y a, en plus, réponse et il me semble que si nous nous voyions, je me sentirais moins libre de raconter ce qui me passe par la tête, j'aurais peur que la magie s'efface.

Alors, engageons-nous à en rester à la correspondance ; même le téléphone me semblerait de trop. Êtes-vous d'accord ?

J'ai pu obtenir que le lycée garde Morgane et elle a été admise dans un foyer réservé aux petites filles enceintes. À quinze ans, elle est la plus âgée ; la plus jeune, violée par son père, a douze ans.

Morgane a tenu à ce que je l'accompagne jusqu'à la table où le médecin a pratiqué la première échographie. Nous avons d'abord écouté battre le cœur de l'enfant. J'avais les larmes aux yeux : c'était si puissant : le mouvement de la mer. Un peu plus tard, alors qu'il promenait la sonde sur le ventre de Morgane, celle-ci s'est soudain redressée :

« Est-ce que vous voyez le sexe ?

— Souhaitez-vous le connaître ? a demandé le praticien.

— Pour ce que j'ai à en f... »

Je pensais à tous ces hommes et ces femmes qui attendent désespérément un enfant à chérir, garçon ou fille, blanc, jaune ou noir.

« Alors, vous aurez la surprise », a conclu le médecin.

Vous ne m'avez pas dit quelle spécialité vous exerciez ?

J'espère que monsieur rouge-gorge est revenu.

Béatrice

J'aime ce nom : *La Jouée.*

La Jouée, ce 20 octobre

Chère marchande de baies,

Nous avons rentré hier, dans l'appentis, les meubles de jardin. Le jour où nous les sortirons du plastique qui les protège, le printemps sera de retour et l'enfant de Morgane venu au monde.

Le pain de saindoux suspendu au tilleul a reçu de nombreuses visites bien que les oiseaux trouvent encore dans la nature de quoi se nourrir ; mon rouge-gorge a-t-il pris part au festin ?

Comment avez-vous deviné ? Moi aussi, je souhaitais que notre échange demeure épistolaire et n'osais vous le demander. Si nous nous rencontrions, ou même nous appelions au téléphone, ne nous trouverions-nous pas « bêtes » tout à coup ?

Les mûres, le rouge-gorge, votre Voisin, mes mousquetaires, il nous aurait sans doute fallu des mois pour en parler de vive voix : ce sont là des choses qui viennent plus facilement sous la plume qu'aux lèvres. On dirait des détails, mais ils sont des pas importants faits dans la connaissance l'un de l'autre.

En somme, le fond est venu avant la forme, nous sommes en avance sur nous-mêmes : « Bonjour madame... Bonjour monsieur... » Pourriez-vous ? Moi, plus.

C'est donc promis, je ne chercherai ni à vous rencontrer ni même à vous entendre au téléphone.

Mais, à mon tour, je vais formuler une requête : engageons-nous à ne jamais nous écrire par devoir, ne jamais nous dire : « Tiens, il faut que je lui réponde. » Le « Quelle barbe ! » est trop proche. Je voudrais que chacune de nos lettres reste un élan et que si l'un de nous souhaite un jour interrompre cette correspondance, l'autre ne lui en tienne pas rigueur. Entendu ?

Ma spécialité est la psychiatrie. Pas de divan dans mon cabinet ; un dialogue. Il m'arrive d'être assis à côté de mes patients.

Lorsque j'étais enfant, une fois par mois j'allais « à confesse ». La démarche m'était pénible mais ensuite, les « péchés » avoués, quelle légèreté : je volais !

Je ne crois plus en Dieu mais suis tout autant convaincu de l'existence du bien et du mal que de celle de l'ombre et de la lumière. Il y a des êtres de lumière et d'autres de nuit, en passant par tous les intermédiaires. Finalement, je crois aussi aux bons et mauvais anges.

« Croire aux anges, au bien et au mal, ça ne cadre pas avec psy », pensez-vous.

Le psy peut croire à tout ce qu'il veut mais ne doit jamais s'ériger en juge. Nous sommes là pour tenter de comprendre pourquoi certains vivent dans la nuit et les aider à ouvrir quelques fenêtres.

J'ai interrompu un moment cette lettre car Léon, l'époux de Marguerite, m'apportait un panier de bois. Chaque soir, je m'offre une flambée : ma façon d'apprivoiser l'hiver. Fait-on du feu à Paris ?

Parlez-moi de cette fille trop grande pour goûter aux contes de sa mère. Lui ressemble-t-elle ?

Jean

6 heures du soir à La Ritournelle, le 31 octobre

Cher monsieur,

J'ai la tête pleine de vent et du sable au fond de mes bottes. Je vous écris de Normandie, ma fermette près de Cabourg où, avec Camille (c'est ma fille), et Sophie, l'une de ses amies, nous passons les « petites vacances » de la Toussaint.

Ici, c'est la saison que je préfère : on entend mieux le cri des mouettes, les vagues racontent des histoires plus intéressantes que celles de l'été où la foule des baigneurs leur brouille la voix.

Je ne reproche à la Manche que de ne pas nous donner des « cochonnets », ces coquillages délicatement rosés, aussi difficiles à trouver que les trèfles à quatre feuilles, que j'aimais tant chercher au bord de l'Atlantique.

Tôt le matin, nous sommes allés pêcher l'équille. Vous connaissez ? Cela se pratique à marée basse, au moment précis où le flot commence à remonter. Vous creusez le sable et voyez sauter comme de longs vers blancs à petit œil noir : ce sont les équilles. Vous avez intérêt à vous précipiter, sinon les voilà à nouveau enterrées !

Toutes les trois nous avons ri, en en rajoutant, tant c'était bon de se sentir un peu folles à la barbe de la mer et des gens qui nous regardaient, un brin répro-bateurs. Nous dégusterons notre pêche tout à l'heure.

On dit que Camille me ressemble mais ses yeux sont plus clairs que les miens et c'est une géante : un mètre soixante-quatorze ! Elle se montre parfois agressive et lorsqu'elle regarde au loin, vers je ne sais où, où je ne peux la suivre, j'ai peur. J'ai peur des tempêtes de l'adolescence, des mauvaises influences, de la drogue. Je ne pense pas qu'elle y ait jamais touché mais celle-ci circule au lycée, on nous a réunis pour nous en avertir.

C'est surtout avec son père que Camille se heurte. Je sens depuis toujours, me semble-t-il, comme un mur entre eux. Peut-être Francis aurait-il préféré un garçon ? Lorsqu'ils s'affrontent, je joue, comme tant d'autres femmes, le rôle de tampon. Le mot est bien choisi : à peine si je peux respirer.

Des feux dans la cheminée ? A Paris, mon mari s'y oppose : trop salissant ! Mais ici, oh oui, sans relâche et des bûches énormes ; il arrive que tôt le matin, comme je vais brancher la cafetière, les braises rougeoient encore sous la cendre. Je m'installe devant avec ma tasse et j'aime, j'aime tant, j'aime trop. Car même les braises finissent par s'éteindre.

Ainsi, vous êtes psychiatre ? Cela me gêne un peu : voilà que vous m'intimidez. J'ai peur que vous ne lisiez entre mes lignes. En tout cas, c'est promis, je ne vous écrirai jamais par corvée ; à vrai dire, je n'avais pas pensé que cela pût le devenir.

Camille et Sophie m'appellent pour fariner les

équilles, ces demoiselles répugnant à toucher les poissons morts... Urgence !

J'en dégusterai une poignée pour vous, en espérant que vous aimerez.

Béatrice

NOVEMBRE

« A la Sainte-Catherine
tout bois prend racine. »

Dicton.

La Jouée, ce 5 novembre

Chère madame,

Monsieur rouge-gorge est mort. Poussé par je ne sais quel sentiment prémonitoire, je suis entré, sans but précis, dans l'appentis. Sous la table, il y avait une boule de plumes ternes pas plus grosse qu'un poing d'enfant, c'était lui. A-t-il suivi Léon lorsque celui-ci a rangé les meubles de jardin ? Je me sens coupable.

Je l'ai enterré sous l'érable, d'où il lançait de si conquérants trilles. En moi aussi — comme vous, pour les mûres jetées par votre mère — c'était l'enfant qui souffrait, mais sa peine procurait à l'homme une étrange douceur, comme, au petit matin sur le paysage, ces brouillards mêlés de pluie qui ressemblent à des caresses.

Dites-moi, madame, à qui d'autre qu'à vous pourrais-je raconter ces histoires-là ? Imaginez la tête de ceux qui viennent chercher ma force si je leur avouais que j'ai versé une larme en recouvrant de feuilles mortes la tombe de mon rouge-gorge ?

Lire entre vos lignes ? Mais je le fais, bien sûr ! N'est-ce pas le rôle de l'ami : chercher l'autre dans ses silences, ses sourires, ses points de suspension... Et vous êtes, vous les femmes, bien plus habiles que nous à cet exercice-là. Mais soyez rassurée, jamais le psy ne s'en mêlera : je le fiche à la porte avec mon dernier client.

Et ai-je besoin d'exercer ce métier pour flairer de la tristesse lorsque vous me racontez que vous aimez le feu, « tant », « trop », et déplorez que même les braises s'éteignent, et souhaiter en savoir davantage sur la petite marchande de baies, la pilleuse de mûriers, la glaneuse de cochonnets ?

A propos, ces fameux cochonnets ressemblent-ils à de petites mâchoires roses de la taille d'un ongle ? Et encore, celui du petit doigt. Si tel est le cas, je les cherchais moi aussi... pour les échanger aux filles contre du réglisse.

J'aime tout ce qui vient de la mer, avec une préférence pour les moules à la crème et à l'échalote, bien poivrées et dégustées avec des frites trempées dans la moutarde. Ajoutez-y un solide vin blanc et des amis de bonne humeur, vous aurez un bonhomme comblé.

Que fait Francis, votre mari ? Puis-je vous appeler Béatrice ?

Jean

Paris, ce 11 novembre

Cher Jean,

Je suis triste pour le rouge-gorge. Ne vous accusez pas : il paraît que beaucoup d'oiseaux ne goûtent pas deux fois à la même saison. Son heure était peut-être venue et il est mort chez lui.

Francis, mon mari, dirige une agence de « chasseurs de têtes », quel nom barbare ! Tout comme le terme « dégraisser » que l'on utilise pour parler des suppressions d'emploi. Son métier le passionne et l'amène à souvent voyager. Nous avons fêté dernièrement ses quarante-six ans.

Oh oui, Jean, il y a des êtres de lumière ! Ce couple, venu me rendre visite hier : Christian et Martine. Ils sont inscrits à l'Association depuis trois ans. Lui a vingt-huit ans, elle vingt-sept, tous deux de famille nombreuse, entourés d'enfants qui ne sont pas les leurs.

Comme la plupart de celles qui s'adressent à nous, Martine a d'abord tout essayé pour être enceinte, jusqu'au jour où le médecin lui a, selon l'expression, « retiré tout espoir d'être mère ».

Tout espoir ? Elle en regorge.

« Un jour », me disait-elle, « je sais que le téléphone

sonnera à la maison, ce sera vous, vous nous annoncerez : "Il est là", et nous comprendrons que ce petit qui est le nôtre sans que nous le connaissions encore est enfin arrivé, et je saurai qu'on va m'appeler "maman". »

« Maman »... Je pense à Morgane. Ce mot, qu'a-t-il signifié pour elle ? Je pense à la signature indispensable de cette petite fille au bas du papier officiel permettant l'adoption. A quinze ans, on cherche sa signature, on l'exerce sans s'y reconnaître. Il me semble voir un destin en marche et j'ai le vertige : Martine ou Morgane ? Comment s'empêcher de formuler un souhait.

Camille vient de passer la tête à la porte : « A qui écris-tu ? » Il m'a fallu quelques secondes pour revenir sur terre et je crois bien que j'ai bafouillé : « A un ami. » Et rougi, je ne sais pourquoi. Elle n'a pas insisté. L'eût-elle fait ? Je lui aurais parlé de vous.

Merci de me donner l'occasion de mettre noir sur blanc — pardon « bleu sur lilas » — ce que je ressens. Figurez-vous que cela ne m'était pas arrivé depuis vingt-trois années : le jour où ma mère, découvrant mon journal, avait jugé de son devoir de le lire. J'avais quinze ans, j'en tremble encore.

Et voilà ! Un petit calcul et vous saurez mon âge. Au point où j'en suis des aveux, encore un et je me tais.

Je hais Noël. Et il s'annonce... Les gens commencent à transporter des paquets, commander leur foie gras et leur dinde. Le fleuriste ne tardera pas à aligner sur le trottoir de jeunes sapins assassinés.

Oui, Jean, je hais Noël. Ne me demandez jamais pourquoi.

Béatrice

La Jouée, ce 15 novembre

Chère Béatrice,

Combien de gens aiment encore vraiment Noël ? Combien, s'ils étaient sincères, n'avoueraient-ils pas que cette fête représente pour eux plus de fatigue que de joie : course aux cadeaux, choix du meilleur saumon, du foie gras le plus « performant »...

La magie s'en est allée : l'idée inouïe que, là-haut, un regard exigeant se pose sur chacun de nous tandis que, dans une crèche, l'amour vient au monde. Noël est devenu une fête semblable aux autres ; et pourtant, y renoncer, impossible ! Ce serait comme souffler, au fond de soi, une dernière petite flamme d'espoir.

Mais haïr Noël, aller jusque-là, n'est-ce pas parce que de bien pénibles souvenirs s'y rattachent ? Je ne vous demanderai pas lesquels ; vous n'empêcherez pas l'ami de s'interroger.

Une folle bourrasque a achevé de dépouiller les arbres. Il monte de la terre humide, des feuilles, de la saison, d'incomparables fumets. Cela fleure la sauce des grands cuisiniers, faite de mystérieuses alliances dont les champignons, qui fleurissent à tout-va, seraient les émanations. J'en ai vu d'inénarrables : le rond Hardy sous son lourd chapeau brun, le filiforme Laurel, coiffé d'un bob orange. Ah, Béatrice, ces chasses aux champignons avec mon père ! Elles sont parmi mes plus précieux souvenirs.

Morgane ou Martine ? Comment s'empêcher de faire son choix, même si l'on s'interdit de l'exprimer. Moi, je vous parlerai de Rémi, de Matthieu, battus, délaissés, enfermés dans des placards, faute de cette signature au bas du papier d'adoption, de tant de petits êtres non désirés, non voulus et cependant gardés.

Plus encore que le mauvais choix, me tarabuste le « non-choix » de celles qui ne connaissent pas l'existence d'associations telles que la vôtre et subissent leur grossesse dans le refus et le désespoir. Si elles savaient que vous les attendez !

Mais elles l'ignorent et c'est ainsi que l'on retrouve au matin un petit corps dans un sac-poubelle.

Puis-je offrir à la mère inquiète de Camille un mot-moteur ? « Confiance ». En vous, Béatrice, fermement, décidez de faire confiance à votre fille pour se tirer des tempêtes de l'adolescence. Regardez-la, embrassez-la, parlez-lui avec confiance. Inutile de prononcer le mot, il est contagieux, il s'infiltre, se propage et s'il existait un instrument pour en mesurer le son, on entendrait celui du Concorde en plein décollage : la confiance donne des ailes.

En voulez-vous un exemple ? Un jour de septembre, j'ai osé vous écrire, confiant que vous me liriez.

Et nous voici !

Jean

La Jouée, ce 22 novembre

Chère Béatrice,

J'attendais votre réponse pour reprendre la plume. Ne la voyant pas venir, je me lance à nouveau : nous n'allons pas faire de la comptabilité : « une lettre toi, une lettre moi »... Peut-être avez-vous suivi votre mari en voyage ? Vous en serez quitte pour trouver deux enveloppes à votre retour.

Je vous écris devant un jardin-carte postale ! Tout blanc de givre sous un ciel bleu à souhait auquel ne manque même pas le petit nuage de service, destiné à rompre la monotonie. Mes trois mousquetaires ont l'air plutôt miteux, privés de leurs effets de cape, sans plumes à leur chapeau autres que celles des oiseaux.

Ma fidèle Marguerite assure que les mésanges adorent la noix de coco. Je l'ai chargée d'en mettre une à la place du pain de saindoux que mes petits convives ont terminé. Une pensée au passage pour feu monsieur rouge-gorge.

Il n'y a plus guère que les baies pour colorer le paysage : houx, aubépine, mais je ne vous apprendrai rien en ce domaine. Si vous étiez là, vous partiriez à la cueillette, vous rentreriez les doigts bleuis de froid et les réchaufferiez à mon feu. Il y a devant la cheminée un petit tabouret à cet effet.

Je vous y regarde.

Jean

La Jouée, ce 30 novembre

Béatrice, je suis inquiet, pourquoi vous le cacher ? Trois semaines bientôt depuis votre dernière lettre, datée du 11 novembre !

Me voyant déçu de ne pas trouver l'enveloppe lilas, le gentil facteur m'a assuré que, les fêtes approchant, le courrier était moins régulier. Mais les fêtes ne sont pas encore là...

Que se passe-t-il, Béatrice ? Vous aurais-je déçue ou choquée d'une façon ou d'une autre ? Auriez-vous parlé de moi à quelqu'un qui me connaîtrait et m'aurait dénigré à vos yeux ? Voyez quelles idées saugrenues l'inquiétude engendre.

A moins qu'il n'y ait une raison toute simple à votre silence : vous en avez assez de cette correspondance et avez décidé d'y mettre fin. Mais pas sans m'en avertir, n'est-ce pas ?

Je regarde le téléphone : un geste et je vous entendrais... J'ai cherché le numéro par pur masochisme, car je savais bien que je ne romprais pas le pacte. Non, je ne vous appellerai pas mais je constate que cet appareil, fait pour relier les gens, peut se changer à l'occasion en instrument de torture.

Les heures sont lourdes depuis que votre voix s'est tue. Je vous attends.

Jean

DÉCEMBRE

« Noël blanc, Pâques vertes,
Noël vert, Pâques blanches. »
Dicton.

A Paris, le 4 décembre

Jean,

Vous êtes bien la cause de mon silence ! Vous, ou plutôt ce soleil qui, depuis notre dialogue, éclairait mes journées.

Quelqu'un l'a senti : mon mari. Il a deviné que la vie m'était plus légère, que je changeais. Cela va vous paraître fou, c'est sûr, mais par le simple pouvoir des mots, me sachant enfin écoutée, oui, je changeais.

Jean, il existe des hommes qui n'admettent pas que leur femme puisse être heureuse et exister autrement que par eux, pour eux, à travers eux. Francis est de ceux-là. Tout plaisir, joie ou agrément qui me viennent d'ailleurs semblent lui retirer quelque chose et il s'emploie à le détruire.

Rassurez-vous, il ignore tout de notre correspondance — je n'ose penser à ce qui serait arrivé s'il l'avait découverte — mais il a flairé quelque chose : il m'a vue sourire... il m'a entendue chanter.

L'orage a éclaté le jour où vous m'aviez parlé des champignons-clowns, vous vous souvenez ? Laurel et Hardy. Cela m'avait mise en gaieté. Et ce mot

« confiance » que vous m'offriez me soulevait de terre.

C'était après dîner, au salon. Voici que servant le café, je lâche la tasse de Francis qui se brise à ses pieds, éclaboussant son pantalon — une tasse ancienne. Et plutôt que de me désoler, je suis prise d'un fou rire. Cela a déclenché la mise à mort.

« Mise à mort »... Elle exagère, pensez-vous. C'est pourtant l'expression qui convient : la mise à mort de cette joie secrète qui fleurissait en moi et que Francis avait perçue.

Il a commencé par déplorer ma maladresse, mon inconscience de « petite fille gâtée » : « J'ignorais la valeur des choses, quoi d'étonnant puisque je n'avais jamais été fichue de gagner ma vie... » Puis il est passé au chapitre qui m'est le plus douloureux : Camille.

A dix-sept ans, elle est en classe de première, ce qui n'est pas si mal, mais ces derniers temps ses bulletins scolaires sont mauvais. Francis m'a accusée de l'abandonner : « Elle va à la dérive, elle finira par se droguer, si ce n'est déjà fait : elle avait des yeux bizarres l'autre jour... »

Jean, comment vous expliquer ? Francis ne crie pas, son ton reste uni, doux, lassé, ironique parfois. Il ne m'empêche pas de lui répondre, au contraire, il m'y encourage : « Mais parle, dis quelque chose, défends-toi. »

Si je le fais, chacun de mes arguments est savamment mis en pièces, cela peut durer des heures ; au cas où je résiste, il propose de prendre Camille à témoin. Il ne me laisse que lorsque je suis en miettes.

Si je vous avais écrit plus tôt, cela aurait été pour vous demander d'arrêter cet échange. Francis avait arraché la petite fleur d'indépendance, de joie, que notre correspondance avait fait naître en moi. Je n'avais plus de force. Et je déteste me plaindre ! Je voulais tant que nos lettres restent du soleil, de la lumière, l'île, l'oasis.

Puis votre seconde lettre est venue : les baies, les mains rougies de froid, le feu, le bonheur. Mais pourquoi dire : « Si vous étiez là, vous partiriez à la cueillette » ? « NOUS » partirions, Jean, et je vous montrerais les baies de la petite marchande, celles, vénéneuses, aux si belles couleurs.

Enfin, votre troisième lettre, ces mots : « Je vous attends. » Voyez, je suis revenue ! Et bien que mes larmes coulent, je m'en sens un peu moins faible.

Béatrice

La Jouée, ce 10 décembre

L'enveloppe lilas, Béatrice, quelle joie ! Puis, lisant vos lignes, les dévorant plutôt, cette peine mêlée de bonheur.

Peine en partageant la vôtre, bonheur à l'idée que notre dialogue a été le plus fort.

Comme si je n'avais pas senti, à travers les quelques phrases où vous me parliez de votre « époux », qu'entre vous les choses étaient difficiles ? Votre bien-être en Normandie — où il ne vous avait pas accompagnée —, ces fous rires entre « filles » sur la plage, exprimant le relâchement après une tension, ce mur que vous évoquiez entre Camille et son père. Et même les marrons, tenez ! Les marrons de Voisin sur votre commode, qu'il a balayés d'une phrase : « On ne met pas l'été en conserve. »

Certains sont l'hiver pour ceux qui vivent à leurs côtés. Lorsqu'un homme ne supporte pas de voir sa femme ou ses enfants respirer autrement que par lui, c'est que l'air est rare dans ses poumons, lorsqu'il maintient les siens en état d'infériorité, c'est qu'il se sent petit ; et s'il les prive de soleil, cela signifie qu'il est dans la nuit.

Je me garderai bien de juger ; sachez seulement

que je suis là, prêt à entendre, comprendre et partager.

Une idée me vient à l'instant : ne préférez-vous pas que je vous écrive désormais à une autre adresse ? chez une amie par exemple, ou à votre Association ? Supposez que Francis tombe sur l'une de mes lettres...

Comment va Morgane ? Voilà bien longtemps que je n'en ai eu de nouvelles. L'enfant doit naître en février, n'est-ce pas ? A-t-elle toujours l'intention de le confier pour l'adoption ? Cette pauvre petite fée est entrée chez moi presque en même temps que vous et je m'en préoccupe. Lorsque je vois passer Flore, l'une de mes nièces qui a son âge, je me dis : « Elle en a de la chance », et je l'embrasse plus fort car la chance est fragile.

Noël bientôt ! Autrefois, nous le fêtions à la maison, autour de mes parents. Ma sœur aînée, mère et jeune grand-mère, a pris le relais dans son vaste appartement en ville. Messe de minuit, réveillon, souliers au pied du sapin — mais oui, les miens aussi —, bûche glacée... Le grand jeu, quoi !

Je lirai la fête dans le regard émerveillé des plus petits, dans les sourires complices des plus grands. Je penserai à vous, beaucoup.

Jean

Paris, le 12 décembre

Cher Jean,

Une chose douce ! Je lisais hier, étendue sur mon lit — mes vertèbres me font parfois souffrir — lorsque Camille entre dans ma chambre. Elle pose une enveloppe sur la coiffeuse : « Pour toi, maman, du pays de la petite Fadette. » Et pfitt, la voilà disparue, comme pour m'éviter une explication !

Nous laissons toujours le courrier sur la console de l'entrée où chacun se sert. Ainsi cette fille si lointaine et parfois hostile m'apprenait qu'elle avait deviné quelque chose et m'offrait sa complicité. *La Petite Fadette*, nous le lisions autrefois ensemble. Avant d'ouvrir l'enveloppe, je suis restée quelques minutes sur mon lit, sans bouger, le cœur si plein de gratitude que c'en était douloureux. Ah, quelle bonne douleur, le bonheur !

Alors non, Jean ! Pas question que vous adressiez vos lettres ailleurs qu'à la maison. Est-ce une faute que de s'écrire ? Je ne me suis pas sentie coupable vis-à-vis de Camille. Et ne vous faites aucun souci pour moi : Francis ne s'abaisserait jamais à ouvrir mon courrier.

Depuis la scène de l'autre jour, j'ai adopté ce qu'on appelle aujourd'hui un « profil bas ». L'orage semble être passé.

Du nouveau pour Morgane ! Avant-hier, une femme dans la quarantaine, cheveux gris et terne, madame Lartigue, se présente à l'Association sans avoir pris rendez-vous.

« Je suis la mère de la petite », me lance-t-elle du pas de la porte.

Et elle fond en larmes.

Devant son désespoir, le médecin qui nous avait envoyé Morgane avait donné notre adresse à sa mère ; elle venait en cachette de son mari.

« Je suis allée la voir au lycée, a-t-elle sangloté, elle refuse de me parler, de me dire où elle habite, comment elle va, tout. Pourtant, j'ai rien fait, moi. »

« J'ai rien fait... » Je la regardais et je voyais une femme vaincue, totalement, irrémédiablement vaincue, me semblait-il. Et je comprenais mieux pourquoi Morgane s'était offert à tous les garçons de sa classe, pourquoi elle refusait l'enfant : elle ne voulait à aucun prix ressembler un jour à cette défaite. Et, sur ce point, je lui donne raison.

J'ai rassuré la pauvre femme sur le sort de sa fille mais j'ai refusé de lui communiquer l'adresse du foyer. Morgane le fera si elle le désire.

« Le gosse, elle va l'abandonner ? a-t-elle demandé.

— Nous préférons ne pas employer ce mot. Pour l'instant, Morgane a l'intention de nous le confier. Elle sait qu'un couple sera heureux de l'accueillir et de l'aimer. »

Elle s'est levée. Elle portait un manteau qui m'a paru neuf et un joli foulard autour du cou. Pour venir me voir, elle avait fait un effort de toilette. Dans les hôpitaux, les salles des grands malades, les infirmières assurent que tant que ceux-ci gardent un soupçon de coquetterie, un infime désir de plaire, tout n'est pas perdu. Peut-être m'étais-je trompée et restait-il en cette femme un peu d'espoir en l'avenir.

« De toute façon, ils ont tous été malheureux à la maison. C'est le père », a-t-elle soupiré.

J'ai pensé : « Et vous, madame ? Qu'avez-vous fait pour défendre les vôtres ? » Et soudain, le visage de Camille m'est apparu, si triste parfois.

Qu'ai-je fait, moi, pour défendre ma fille ?

Béatrice

La Jouée, ce 22 décembre

Les mères, ah, les mères, Béatrice ! Celle, vaincue, de Morgane. La vôtre dont je ne sais que deux choses : les mûres offertes avec amour qui finissaient aux cabinets, votre journal défloré. Et vous, mère de Camille, pleine d'une douloureuse interrogation. « Qu'avez-vous fait pour la défendre ? » Béatrice, peut-on défendre autrui lorsqu'on n'a pas appris à se défendre soi-même ?

Figurez-vous que je vis... chez maman. L'enveloppe charnelle n'est plus là mais l'esprit imprègne la maison. Lorsqu'elle est morte, il y a deux ans, nul ne s'est étonné de voir mon père la suivre de près : quelques heures seulement.

Lorsqu'ils se promenaient, il se tenait toujours légèrement en retrait. « Mais viens donc », protestait maman, « tu me suis comme un petit chien ». Il faisait semblant... quelques pas. Il était bien ce petit chien qui aimait trottiner, le regard fixé au dos de sa maîtresse.

Des deux, c'était elle la force ; elle tentait de le lui cacher en quémandant ses avis, sachant bien que la décision lui reviendrait. Orphelin, papa avait eu la vie dure ; avec elle, il avait enfin trouvé « la maison ». Il s'y reposait.

Habitant cette maison, tout ce que je regarde, touche, entends, respire, je le fais aussi avec eux.

Réussite totale pour la noix de coco ! C'était tordant : les premiers jours, il y a eu un flottement, la gent emplumée tournait autour sans oser piquer du bec. Un modeste moineau a donné l'exemple, les autres ont suivi : merles, grives, mésanges. On prend son tour à présent, généralement à la même heure, à la mi-matinée, lorsque le soleil vient à bout du brouillard. Peut-être offrirai-je une seconde noix de coco à leur gourmandise ?

La pelouse est blanche, elle craque à l'œil et au pied, mais je voudrais de la vraie neige, une couche épaisse. Ah ! ouvrir sa fenêtre sur un paysage soudain plus vaste et qui semble retenir son souffle, respirer l'odeur piquante, entendre le son ouaté des cloches : « La vie continue, la vie continue... » Béatrice, je suis un fou de neige.

Au fond, j'ai été soulagé que vous refusiez une correspondance clandestine : non, nous n'avons aucune raison de nous cacher. Mais si je devais être la cause d'une nouvelle « mise à mort », je m'en voudrais.

Un grand nombre de mes patients ayant été terrassés par la grippe, mes journées s'en trouvent plus calmes. J'en profite pour penser à vous.

Lors des fêtes, petite Fadette, sentez-moi à vos côtés.

Jean

La Jouée, ce 23 décembre

Madame,

Joints à mes meilleurs vœux, veuillez trouver ces quelques buvards à placer dans vos souliers. Leurs couleurs sont à assortir à l'humeur du jour. Ils aiment les mots et les conservent à l'envers. C'est ainsi que dans leur langage, je ne m'appelle plus le père Noël, mais...

Erèp Lëon

JANVIER

« A la fête des rois,
le jour croît d'un pas de roi. »
Dicton.

A Paris le 1er janvier

Cher Erèp Lëon,

Comme j'ai ri en recevant vos vœux. Ri toute seule, « tout fort ». Et ces buvards, si moelleux, pelucheux, avec cette odeur... Où les avez-vous dénichés ? Dans l'arrière-boutique d'un papetier de village ? Merci d'avoir fait la démarche pour moi.

Celui que je tiens sous ma main tandis que je vous écris BONNE ANNÉE, un bleu-belle-humeur, me donne envie de m'appliquer, de tirer mes traits à la règle en pointant la langue. J'étais mauvaise élève : on me reprochait de passer plus de temps dans les nuages que sur mon banc de classe. Si je pouvais me rattraper !

Comme votre père, le mien suivait sa femme mais je crains qu'elle n'ait guère représenté le repos pour lui. Vous ai-je dit qu'il était diplomate ? Ma mère est du genre autoritaire et rien n'était jamais assez beau pour elle.

Je m'en souviens comme d'une fée. Chaque soir, elle venait éteindre ma lumière, vêtue d'une de ses belles robes. Il ne fallait pas la froisser surtout et je n'osais l'entourer de mes bras. Lorsqu'elle se penchait pour m'embrasser, son collier effleurait mon cou d'une froide caresse. A la fois j'avais envie de la supplier de rester et hâte qu'elle soit partie : elle m'intimidait.

Elle m'intimide encore. Il y a entre nous, comment dire... Ce n'est pas un mur, ni un fossé, plutôt une feuille de verre fin qui nous permettrait de nous voir, nous entendre, mais pas de nous toucher ou partager notre chaleur. Il me semble qu'en brisant le verre, je briserais également la femme. Je n'ai jamais eu le courage d'essayer.

Je suis enfant unique. Depuis la mort de papa, maman a choisi d'habiter Genève où vivent ses meilleurs amis. Elle est venue passer Noël avec nous, les bras chargés de présents magnifiques. Dans les ambassades aussi, j'avais les plus beaux cadeaux mais comme il lui fallait souhaiter Noël aux enfants de la colonie française, je restais devant mes paquets sans personne pour jouer avec moi.

Figurez-vous qu'elle en impose à mon mari ! Gros avantage : devant elle, il me ménage et les fêtes ont été sans histoire.

Oh si ! Une histoire... qui m'a fait une belle peur. Morgane a disparu de son foyer toute la nuit de Noël. Un réveillon avait été prévu pour ces petites filles enceintes. Au moment de se mettre à table, on s'est aperçu qu'elle manquait, impossible de la retrouver.

Elle est revenue le jour de Noël, un peu avant midi, alors que nous nous apprêtions à avertir la police. Elle est allée droit à sa chambre, est tombée tout habillée sur son lit et, paraît-il, a dormi vingt-quatre heures. J'ai supplié qu'on ne lui pose aucune question. Pour cette fois !

Et vous, Jean ? Finalement, que sais-je de vous ? Vos parents, votre maison, votre jardin, vos mousquetaires et vos oiseaux. Mais vous, oui, vous, le « vieux garçon-ours » ?

Si cela continue, je ne vous entretiendrai plus que de la couleur du temps, de Voisin et des équilles.

Ecirtaéb
(en langage buvard)

Et voilà que je ris à nouveau...

La Jouée, ce 4 janvier

Moi, Béatrice ? C'est tellement banal ! L'ours, je vous l'ai un peu expliqué. Allons-y pour le vieux garçon.

Il y a quelques années, j'ai rencontré la « femme de ma vie », comme on dit. Elle en a préféré un autre. Peut-on avoir deux « femmes de sa vie » ? Je suis donc resté seul. Voilà toute l'histoire.

J'exerce un métier qui me plaît, j'ai quelques vrais amis, une sœur très attentive, cinq insupportables neveux et nièces que j'aime tendrement et qui m'empêchent de devenir un vieux croûton. Maison et jardin, vous savez... N'oublions pas mes précieux voisins : Marguerite et Léon.

Jusqu'à une certaine journée de septembre, il me semblait n'avoir rien à demander de plus à la vie. Je me trompais. Il y manquait une petite voix claire, parfois brouillée par le chagrin ou le doute, une corde de cithare qui vibre dès que ma pensée l'effleure et me font paraître silencieuses et monotones les journées d'avant Béatrice. Car il y a à présent un « avant », un « après » et un « depuis », ces trois mots qui soulignent les étapes importantes de la vie.

Noël ! Savez-vous qu'ici les réjouissances durent

trois jours ? La grosse bûche de chêne (abattu à minuit) a été bénie par le curé avant de chauffer la salle des fêtes où l'on a dégusté toutes sortes de gâteaux. Les animaux eux-mêmes ont eu droit à réveillonner : betterave pour les bœufs, sucre pour les chevaux et grains de blé jetés aux poules. Dans la petite église de village où se déroulait la veillée, je me sentais bien. Ne me demandez pas si j'ai la foi, je n'en sais fichtrement rien mais je me réjouis que d'autres la vivent et se rassemblent pour prononcer des mots forts : c'est un contre-feu nécessaire à la brutalité du monde.

En savez-vous assez à présent pour me parler d'autre chose que des équilles ? Bien que ces demoiselles m'en aient raconté long sur la dame-petite-fille qui les plaquait au sable en étouffant de rire, un jour de grande marée.

Pour cette année qui s'entrouvre, je ne ferai qu'un vœu : que notre dialogue se poursuive.

Jean

Paris, le 6 janvier

Jean,

Mais, ce dialogue, je ne pourrais plus m'en passer ! A présent, lorsque je vis quelque chose de difficile, ou d'heureux, je pense tout de suite : « Je vais le lui raconter. » C'est moi qui redoute que vous n'en ayez assez de la pêcheuse d'équilles et la méchante phrase : « C'est trop beau pour durer » tourne dans ma tête.

Elle devait être exceptionnelle la femme que vous avez aimée pour être restée contre vents et marées « celle de votre vie » bien qu'elle en ait préféré un autre. Mais dites-moi, monsieur psychiatre, avec les années, n'est-ce pas un rêve que l'on se met à aimer, une femme idéalisée ?

Relisant votre lettre, voici que me vient une crainte : suis-je la seule avec qui vous correspondez ? Fidèle à ce rêve qui le satisfait et peut-être le protège, le « vieux garçon » n'entretient-il pas avec d'autres des relations épistolaires qui lui apportent un peu de cette compagnie féminine à laquelle il a renoncé ? Oh, je n'aimerais pas ça ! Pas du tout.

Voyez comme je suis : je vous somme de me parler de vous, vous obéissez et j'en profite pour récriminer.

La jalousie, c'est bien la peur de perdre quelqu'un, n'est-ce pas ? J'ai peur qu'une autre vous raconte des choses plus intéressantes que moi.

En tout cas, c'est une reine qui tient la plume aujourd'hui ! J'ai eu la fève, une plate fève dorée sans magie, représentant... une voiture. Vous rendez-vous compte ? Une voiture dans une galette. Camille m'a obligée à garder la couronne une partie de l'après-midi.

Pauvre petite fée Morgane ! Mardi, je suis allée la chercher au lycée pour l'emmener goûter. Comme elle m'a fait peine, cette gamine au ventre lourd, immobile au milieu des copains qui jaillissaient du lourd bâtiment gris, criant leur joie d'être jeunes et libres.

Nous sommes allées dans un salon de thé très chic, fréquenté par des dames à fourrures et à petits chiens qu'elles portaient comme un bijou supplémentaire. Morgane les regardait, intimidée.

« Elles doivent croire que je suis votre fille, n'est-ce pas ? m'a-t-elle glissé, l'œil brillant.

— C'est évident. »

Elle a engouffré trois gâteaux et deux tartelettes, le tout arrosé de chocolat chaud. Soudain, elle relève la tête.

« Vous voulez savoir ce que j'ai fait à Noël ?

— Tu es revenue, c'est tout ce qui importe.

— Je suis allée dans des boîtes, j'ai fait la fête.

— On te laissait entrer ? »

Elle montre son ventre avec un rire : « Je disais que le père suivait, qu'il garait la Mercédès. »

Elle a dansé toute la nuit avec des inconnus et, rétrospectivement, j'en tremble : ce visage enfantin sur ce ventre de mère aurait pu attirer les pervers.

Mais, revoyant ses camarades sortant du lycée, je ne pouvais lui en vouloir : quinze ans, l'âge de la fête.

« Et puis j'ai pensé à vous et je suis rentrée, a-t-elle ajouté avec un soupir.

— Tu n'as pas pensé un tout petit peu à lui ?

— Lui, vivement qu'il dégage ! »

Elle avait terminé ses gâteaux et, pour récupérer les miettes, elle léchait son doigt avant de l'appuyer sur l'assiette. Camille faisait ça aussi.

« Il y a vraiment des gens qui l'attendent ? a-t-elle demandé sans me regarder.

— Bien sûr ! De tout leur cœur. »

Je n'en ai pas dit davantage pour ne pas l'influencer, mais j'entendais la voix de Martine : « Nous comprendrons que le petit est enfin arrivé... Je saurai qu'on va m'appeler “maman”. »

Dans un peu plus d'un mois, il aura « dégagé ». Pour aller où ?

Béatrice

La Jouée, ce 10 janvier

Chère reine Béatrice,

Moi aussi, j'ai eu de la galette mais la fève m'a échappé. Connaissez-vous le dicton : « A la fête des rois, le jour croît d'un pas de roi » ? Chaque matin nous gagnons quelques minutes sur la nuit. Si ce n'est pas l'espoir !

Non, Béatrice, elle n'avait rien d'exceptionnel, la femme dont je vous ai parlé : elle était faite pour moi, c'est tout ! Comme il me semblait être fait pour elle. Lui en vouloir ? C'est plutôt à soi que l'on en veut lorsqu'on a été rejeté : on se reproche de n'avoir pas fait le poids.

Bien sûr, le souvenir idéalise. Un souvenir ne prend pas de rides, il n'a pas ces tics qui agacent tant l'autre dans une vie commune. Et après ? J'ai choisi de garder cette femme au fond de mon cœur comme la fève précieuse qui m'aurait rendu roi.

A mon tour de rire « tout haut et tout fort », en vous lisant ! Qu'allez-vous imaginer ? Que pour me consoler de mon chagrin d'amour, j'ai pour chaque jour de la semaine une « dame de remplacement » ? Rassurez-vous, Béatrice, vous êtes l'unique. Et cela ne pouvait être que vous, cette femme forte et fragile qui, sur l'estrade, galvanisait toute une salle par son authenticité. Vous et nulle autre !

Et une idée m'enchante : j'ai donc une complice dans la place ! Je vois Camille poser ma lettre sur votre table avec un sourire en coin avant de filer... mon amie Camille ! Vous, cela fait longtemps que vous avez un allié chez moi : le facteur. Les jours fastes, la couleur lilas couronne le dessus de la pile et lorsqu'avant Noël je lui ai remis la grosse enveloppe contenant les buvards, il fallait voir ses airs gourmands ! Il brûlait de savoir ce qu'elle contenait et tâtait le papier brun comme on ne peut s'empêcher de tâter une baguette de pain pour s'assurer qu'elle croustille à souhait.

On vient de sonner. Mon premier client de l'après-midi, déjà ! Passant la tête dans mon bureau pour me l'annoncer, ma secrétaire m'a regardé d'un air sévère : « Vous n'avez pas déjeuné, docteur ! »

J'ai oublié. C'est votre compagnie. Et voici que me prend une faim d'ogre, à avaler tout cru le petit chien de la dame à fourrure dans le salon de thé de Morgane.

Jean

Paris, le 14 janvier

Jean,

C'est arrivé ce matin, samedi. Je n'avais pas bien dormi et je m'étais recouchée après avoir pris le petit déjeuner avec Francis. Je lisais lorsqu'il est entré dans ma chambre, il tenait une enveloppe à la main : la vôtre.

Sans rien dire, il l'a jetée sur le drap et il s'est assis près de moi. Mon cœur battait à se rompre. J'ai fait semblant de continuer à lire.

« Ton courrier ne t'intéresse pas ?

— Je termine mon chapitre. »

Il n'a pas bougé. Peut-être aurais-je été mieux inspirée d'ouvrir l'enveloppe tout de suite. C'était trop tard et le trouble que je ne pouvais cacher, mes joues qui s'enflammaient, lui révélaient à coup sûr qu'il ne s'agissait pas d'une lettre ordinaire.

Un autre mari, pris de soupçons, l'aurait sans doute ouverte lui-même, il l'a reprise et me l'a tendue. Je l'ai décachetée. Je savais qu'à présent il ne s'en irait pas avant d'en connaître le contenu. J'avais peur : et si vous m'y parliez de lui.

A ce moment, Camille est entrée dans la chambre :

« Salut, les parents ! » Elle ne m'embrasse jamais lorsque son père est là. Elle est allée directement à mon bureau : « Maman, je peux t'emprunter ta calculette ? Les piles de la mienne sont *out.* » J'ai répondu : « Oui » le plus naturellement possible. Le regard de Francis ne me quittait pas. Camille est sortie.

Les mots de votre lettre se brouillaient tandis que je la parcourais des yeux. Vous m'y parliez de la femme de votre vie, de Camille, votre « complice ». Complice... qu'allait imaginer Francis ?

« On peut savoir ? » a-t-il demandé.

Durant quelques secondes, j'ai songé à froisser cette lettre, la jeter à la corbeille. Il m'a semblé que ce serait pire. Et puis je suis lâche, je vous l'ai dit : lorsqu'il a tendu la main, je la lui ai remise.

Il a pris son temps pour la lire, me jetant parfois des coups d'œil, mesurant mon malaise.

« Qui est ce Jean ?

— Je ne l'ai jamais vu. Nous nous écrivons de temps en temps.

— Vous vous écrivez... En tout cas, lui t'a déjà vue : “l'unique, la femme forte et fragile...” »

Son rire, ce rire qui salissait tout...

« Peut-on savoir de quand date l'idylle ? Et ce que tu allais fiche sur une estrade ?

— C'était au congrès sur l'enfance maltraitée. Il ne s'agit pas d'une idylle, nous prenons plaisir à correspondre, c'est tout. Nous n'avons pas l'intention de nous rencontrer.

— Mais voyons donc... »

A nouveau son rire. Je ne savais plus que dire : je me sentais comme une enfant devant un maître impitoyable, tellement plus fort. Je m'en voulais de n'être que moi.

Il s'est levé et il est allé à mon bureau. Je garde vos lettres dans l'un des tiroirs. Allait-il me demander de les lui lire toutes ? De mon lit, j'ai vu que le tiroir était ouvert et qu'il était vide. J'ai compris ce que Camille était venue faire dans notre chambre, ma fille, ma petite fille.

« Et Camille, “la complice” ? Ça veut dire quoi ? a-t-il demandé comme s'il lisait dans mes pensées.

— Camille ne sait rien de Jean. C'est une sorte de... boutade. »

Sous son regard ironique, j'ai détourné les yeux. Il a quitté la chambre.

Il est cinq heures. A la maison, Francis regarde un match de football. J'ai dit que j'allais faire des courses et je me suis réfugiée dans un café, une sorte de *pub*, pour vous écrire. Cette fois, l'enveloppe ne sera pas lilas.

Jean, ce n'est pas fini. Francis fourbit ses armes. Je le connais : d'une façon ou d'une autre, il va tout faire pour que, de moi-même, je décide d'interrompre cette correspondance et j'ai beau me répéter depuis ce matin que je ne céderai pas, je ne suis pas certaine d'en avoir le courage. Méprisez-moi : j'ai toujours cédé à ses chantages.

Votre prochaine lettre, pouvez-vous l'adresser à l'Association ? J'ai besoin que vous me parliez librement, besoin de votre force pour pallier ma faiblesse.

On vient de me porter du thé dans le box où je suis installée. Sur chaque table, une petite lampe à abat-jour orange diffuse un air d'intimité. Je ne sais pourquoi mais je pense à ces trains de luxe où, du quai, on peut voir les voyageurs lire leur journal en attendant le départ. J'ai envie d'entendre le sifflet du chef de gare. Ce train m'emmènerait loin.

Oh ! Jean, je viens de me tourner vers la fenêtre et

savez-vous ce que je vois ? la neige. Il neige sur Paris, les flocons s'attaquent au gris du soir et des murs, ils dansent autour des réverbères, je respire mieux, il me semble entendre les cloches de votre village : « La vie continue, la vie continue. »

N'est-ce pas ?

Béatrice

La Jouée, le 16 janvier

Elle continue, Béatrice, elle continue, la vie ! Et elle sera ce que vous déciderez qu'elle soit : le quai d'une gare d'où l'on regarde, le cœur lourd, partir les autres, ou un voyage avec ses incertitudes, ses dangers, mais aussi la joie de rencontres, de paysages renouvelés, voyage fatigant peut-être, mais que l'on regrette rarement d'avoir entrepris.

A vous de choisir l'un ou l'autre.

La liberté prend d'abord source au fond de soi : c'est une vague intérieure qui, bien souvent, s'exprime par un « non » : non à ce qui vous aliène, vous amoindrit. Retirer à l'autre sa dignité, le rabaisser par des mots, un rire, un regard, le « mettre à mort » comme vous dites, mais masqué, en douce, et se donnant, pourquoi pas, des airs de victime, c'est odieux, infâme ! Vous voyez, moi aussi j'emploie les grands mots. C'est que je suis en colère ! Peut-être est-ce aussi la peur de vous perdre ?

Pourtant, ne croyez pas que c'est ma cause que je plaide. Si ce « non » vous deviez le dire pour moi, je n'en veux pas. Il n'aura de sens et vous ne vous y tiendrez que si vous le prononcez pour vous.

Devant ce qu'on appelle la « langue de bois », celle

qui n'a rien à voir ni avec le cœur ni avec la vérité, la meilleure réponse est parfois le silence. Pas n'importe lequel, pas celui de la reddition : un silence entendu, appuyé par le regard, finissant par révéler à celui qui monologue le son caricatural de sa propre voix.

Et cette femme se croit lâche, s'en veut de n'être « qu'elle » ! Que vous, bon sang ? Celle qui tend une main ferme aux Morgane, parle si justement des êtres et des choses et trouve le courage d'aimer encore la vie lorsqu'on la lui rend odieuse. Vive vous !

Lorsque vous recevrez cette lettre, l'explication que vous redoutez aura sans doute eu lieu et le sort du vieux-garçon-ours sera probablement tranché. Si nous ne devions plus nous écrire, gardez de cet échange une certitude : le chemin existe ! Il existe pour vous comme pour la mère de Morgane. Le premier pas est le plus difficile à faire.

Il est bordé, votre chemin, des baies de l'enfance, comestibles ou vénéneuses, joies ou tristesses. Le regard confiant de Morgane vous y accompagne, Camille vous y espère. Qu'il neige ou fasse soleil, les cloches sonnent les heures et donnent leur dimension aux gesticulations humaines en les envoyant se mesurer au ciel.

Écoute ces cloches, Béatrice, et dis-toi que tu as la force, même si tu ne sais pas encore t'en servir.

Jean

Paris, le 19 janvier

Forte... Un jour déjà, quelqu'un m'avait dit que je l'étais. Je ne l'ai pas cru et le regret m'en brûle encore. Ah ! Jean, il faudra que je vous en parle.

De la force de maman — nul n'y résistait — je suis passée à celle de mon mari. J'étais fille de consul, il était fils d'ambassadeur. Nous nous sommes connus au Québec où mon père avait choisi de prendre sa retraite. Sorti major d'une grande école, Francis faisait un stage à Ottawa. Si vous aviez vu ce tourbillon autour de lui : mères et filles. Il « avait tout », assuraient-elles : naissance, intelligence, beauté.

Ce fut celle qui ne songeait pas à concourir qu'il choisit. Fils d'ambassadeur... Je crois que ce fut, pour ma mère, le plus beau jour de sa vie. Nous nous sommes mariés là-bas.

Le vrai conte de fée, n'est-ce pas ?

Depuis samedi, plus un mot de Francis au sujet de notre correspondance. Me serais-je affolée pour rien ? Si ! Tout de même une question, comme ça, en passant : « Cette Morgane, qui est-ce ? » Rappelez-vous, vous l'évoquiez à la fin de votre lettre. « Une jeune fille dont je m'occupe : quinze ans. Elle va sans doute nous confier son bébé. »

Pour la première fois, Francis m'a interrogée sur l'Association. J'évite de lui en parler et m'efforce d'être toujours là lorsqu'il rentre car s'il se doutait du temps que j'y consacre et de l'intérêt que j'y porte, je craindrais qu'il ne s'en irrite. Il n'a accepté que je prenne ce travail — la directrice est la sœur d'une amie — que parce qu'il est à mi-temps, et bénévole. Francis tient à me « faire vivre », quand bien même il me reproche parfois d'être incapable de gagner un sou.

Inquiétude ! N'allez-vous pas penser que je noircis mon mari ? Et si simplement je n'avais pas été la femme qui lui convenait ? Autour de nous, c'est l'unanimité à son sujet : Francis est le meilleur des amis, un homme sur lequel on peut compter, un convive idéal, gai, brillant, attentionné. Combien de femmes me l'envient : « Avec lui, tu ne dois jamais t'ennuyer. »

Mais sitôt refermée la porte de la maison, le visage se rembrunit, le regard devient ironique, méprisant, et pour ceci ou pour cela, les reproches pleuvent, oh ! Jean, vous au moins, croyez-moi !

Mais basta avec les lamentations ! une grande nouvelle : CAMILLE SAIT !

Lundi soir, rentrant du lycée, elle débarque dans ma chambre et me tend vos lettres.

« L'objet du délit. Pas de panique, j'ai rien lu.

— Mais tu aurais pu !

— Et puis quoi encore ? Une bafouille, c'est sacré. »

Je l'ai fait asseoir sur mon lit, nous avons partagé les oreillers comme autrefois lorsqu'elle venait chercher une histoire et je lui ai raconté celle d'une maison coiffée de tuiles rousses, gardée par trois mousquetaires, où vivait l'ours dont rêvent les petites filles : bourru et doux, ouvert à toutes les confidences.

Ah ! son regard... J'étais l'enfant qui s'émerveille sous le sourire attendri de la mère. Et, dans la foulée, voilà que l'enfant déballe son gros chagrin, les fameuses mûres amoureusement cueillies, jetées dans les cabinets...

« Voilà du Napy-longs-crocs tout craché. »

J'ai éclaté de rire. « Napy-longs-crocs », traite-t-on ainsi une grand-mère aussi digne et bien élevée ? Traduction : en langage branché (pardon « chébran »), « Napy » signifie « Neuilly-Auteuil-Passy ».

Là où ma Camille a été franchement déçue, c'est en apprenant notre pacte.

« Ne jamais vous voir ? En voilà une idée... De quoi avons-nous peur ? »

Peur ? Peur de vous rencontrer ? De moins en moins me semble-t-il, et même... enfin, passons !

Vers le dix du mois prochain, Francis s'envolera pour les États-Unis : un voyage de travail de presque trois semaines. Vous pourrez à nouveau m'écrire à la maison.

Il n'y a plus de neige sur les trottoirs de Paris. Nul ne m'ôtera de l'idée qu'une certaine fin d'après-midi, elle est tombée seulement pour moi, pour nous.

Béatrice

La Jouée, le 22 janvier

Ah ! Béatrice, l'enveloppe lilas, comme je l'attendais et la redoutais à la fois. Et si c'était la dernière ? Me voilà soulagé.

Vous avez dû beaucoup l'aimer, ce brillant fils d'ambassadeur que toutes guignaient et qui a choisi celle qui ne le regardait pas. Être l'élue sans l'avoir cherché, grisant ! J'entends d'ici les bruits de couloir, j'imagine la fierté de la reine-mère. Et votre incrédule bonheur. Oui, un conte de fée !

Hélas, les princes charmants réservent parfois des surprises, n'est-ce pas ? Et comment mettrais-je en doute ce que vous me racontez ? Tant d'êtres, hommes ou femmes, sont doubles : séduisants à l'extérieur, moroses ou tyranniques chez eux. Et l'on se demande : « Lequel est le bon ? » Probablement l'un et l'autre, les deux formant un être douloureux, entre deux peaux, entre deux âmes.

A propos, savez-vous d'où janvier tire son nom ? De Janus, dieu au double visage : l'un tourné vers l'hiver, l'autre vers le printemps.

Tout aux soucis que je cultivais en abondance pour vous, j'en avais oublié de regarder mon jardin qui en a profité pour me jouer des tours. Le temps, anormalement doux, sème l'anarchie : les mimosas fleurissent, quelques chatons bien drus sont apparus au noisetier. Primevères et perce-neige pointent le nez parmi les dernières feuilles tombées. Ce matin, lisant mon journal au bord de la pelouse, j'ai vu passer, en formation, piquant droit vers le nord, ce qui m'a semblé être des grues. Mon vieil ami et voisin Léon me l'a confirmé.

« Elles se croient au printemps. » Il a soupiré : « On va le payer, c'est sûr.

— Alors profitons-en avant. »

Je déteste cette idée de payer pour un bonheur précoce, comme s'il était volé. Le ciel, c'est du gratuit, en bon comme en mauvais.

Ainsi, Camille est au parfum ! Dites-lui bonjour de la part de l'ours et racontez-m'en davantage sur elle. Des chiffres, voilà tout ce que vous m'avez offert ! Dix-sept ans, un mètre soixante-quatorze ! Tient-elle sa haute taille de son père ?

Oui, vite, racontez ! A-t-elle des amis ? « Un » ami. Aime-t-elle la musique, le sport ? Ah ! vous me donnez la nostalgie : voir grandir un enfant dans la maison... Et l'angoisse, également : aurais-je été un père à la hauteur ? A l'opposé de la confiance, il y a ce fameux « stress » dont on nous rebat les oreilles : l'angoisse des parents pour l'avenir de leurs enfants. Et les pauvrets, buvards à sentiments, à impressions, absorbent tout, les belles majuscules tracées d'une main ferme, comme les méchants pâtés.

Lorsque, de ma fenêtre, je vois venir dans la petite allée qui mène à ma porte un homme ou une femme aux épaules lourdes, le regard fixé au sol, je m'efforce de chercher en eux l'enfant qui sautillait de caillou en caillou en se réjouissant de vivre. Alors cela me donne plus de force pour écouter leur mal de vivre.

Dans mon jardin fou, quelques violettes très pâles ont fait leur apparition. Je les offre à la petite fille qui, à Noël, n'avait personne pour jouer avec elle.

Jean

Paris, le 25 janvier

Hier soir, Francis est rentré plus tôt que d'habitude. Camille et moi nous affairions à la cuisine.

« Va te faire belle, je te sors. »

« Me sortir » à l'improviste, m'emmener au théâtre, au cinéma ou au restaurant, cela ne lui était pas arrivé depuis des mois.

« Où allons-nous ?

— Chez Legoff. »

Un restaurant de poisson réputé, non loin de la maison.

« On ne se refuse rien ! a remarqué Camille. J'en suis ? »

Francis lui a ébouriffé les cheveux : « Une autre fois. »

Je me suis donc « faite belle » pour honorer mon mari. Le restaurant, je redoutais un peu ! Vous est-il arrivé, Jean, d'y voir un homme et une femme, assis l'un en face de l'autre, prenant leur repas sans se regarder, presque sans s'adresser la parole ? C'est nous ! A mes misérables efforts de conversation, Francis ne répond que par monosyllabes, je n'ose jeter un regard vers les autres tables, j'ai honte.

La salle était presque pleine lorsque nous sommes

arrivés. On nous a menés à la table réservée. Sitôt installé, Francis a commandé du champagne et un plateau de fruits de mer. J'ai demandé :

« Qu'est-ce qu'on fête ?

— L'entrée en politique de ton mari ! »

Vous ai-je dit que son père, l'ambassadeur, avait été ministre ? Un ami de celui-ci, conseiller du Président, venait de demander à Francis un rapport sur les cabinets de recrutement ; il n'avait pas exclu que lui soient confiées par la suite certaines responsabilités...

« A condition, cela va de soi, que je prenne ma carte..., a ajouté Francis en riant. Tu ne me félicites pas ?

— Mais si, bravo ! Je suis sûre que tu seras excellent. Et cela va te passionner. »

Je ne cherchais pas à le flatter, je le pensais vraiment. Francis a levé sa coupe.

« Pour être excellent, je vais avoir besoin de vous, madame !

— Besoin de moi ? »

Soudain, l'inquiétude me pinçait le cœur.

« L'épouse d'un homme politique a son rôle à jouer. Nous devrons recevoir davantage, tu m'accompagneras dans certains déplacements. Pour ton association, évidemment, il va falloir laisser tomber, provisoirement du moins. »

Jean, cela a été comme un coup de tonnerre dans ma tête : nous y étions ! Sa réponse à votre lettre, il me la donnait. Me retirer mon travail était une façon de me reprendre en main, d'assurer son pouvoir, de détruire ce petit morceau d'indépendance, cette éclaircie qu'il avait décelée dans ma vie.

« Tu ne bois pas ? »

J'ai regardé ma coupe : qu'avais-je à fêter, moi ?

« Écoute Francis, un travail, cela ne se laisse pas tomber comme ça. Il y a des gens qui comptent sur moi.

— Un travail ? Il s'est mis à rire : Et depuis quand madame travaille-t-elle ? Peux-tu me montrer tes fiches de paye ?

— Tu sais bien que c'est bénévole.

— Crois-tu que sinon on te l'aurait proposé ? »

Ces derniers mots, il les a prononcés avec douceur et un sourire indulgent, presque attendri : je m'étais donc vraiment crue capable ? J'ai senti monter le « non » dont vous parliez. Mais ce n'était pas la belle vague puissante, irrésistible, de la révolte, c'était plutôt, en moi, comme un sanglot d'humiliation.

Le garçon, guidé par le maître d'hôtel, m'a offert un répit. On a disposé devant nous le plateau de fruits de mer, le pain noir et le beurre, les rince-doigts.

« Alors ? » a demandé Francis.

— Je ne veux pas lâcher mon association.

— Tu refuses de m'aider ?

— Pas du tout ! Au contraire. Je t'aiderai tant que je pourrai, mais je ne veux pas quitter ce travail. »

« Je ne veux pas... Je ne veux pas... », me répétais-je maladroitement comme une enfant têtue qui sait qu'elle cédera. Il me semblait lutter mot par mot, seconde par seconde. La main de Francis est venue chercher la mienne par-dessus la nappe.

« Ma pauvre chérie, je comprends : cela te gêne de les avertir. C'est l'inconvénient du bénévolat : on y investit son cœur, ça la fout mal de le retirer. J'appellerai ta Marie-Thérèse demain, je lui expliquerai. Je suis sûr qu'elle te trouvera une remplaçante. »

J'ai dit : « Francis, je ne veux pas être remplacée ; je tiens à ce travail. »

Il a retiré sa main ; son regard était dur à présent.

« Tu y tiens ? Plus qu'à ton mari et à ta fille, alors ? Eux passent après le plaisir de madame... comme ils passent, je suppose après tes lettres à ce type, ce Jean ? »

C'était tellement injuste, cela en devenait absurde. Je me suis souvenue de votre conseil : le silence. Il ne l'a pas supporté longtemps.

« Je me demande ce que ta mère en penserait. »

Là, les mots ont jailli.

« Pourquoi maman ? Elle n'a rien à voir dans l'histoire. On est grands, non ? »

Il s'est levé. Il a jeté sa serviette sur le plateau auquel il n'avait pas touché et il a quitté la salle.

Cela lui était déjà arrivé une fois, en Espagne. Camille et moi avions refusé de commander un plat qu'il voulait nous imposer et il nous avait plantées là. Je me souviens de mon angoisse, de l'air affolé de ma fille. J'avais pris sa main et nous avions couru après lui. Magnanime, il avait pardonné.

Je n'ai pas bougé. Francis devait m'attendre près du vestiaire, ou dans la rue. Si je le rejoignais, cela voudrait dire céder.

Le maître d'hôtel s'est approché, a délicatement retiré la serviette du plateau. « Je vois que Monsieur a eu un contre-temps, a-t-il dit. Dois-je laisser son couvert ? »

Ma gorge était de plomb, les mots ne passaient pas. Je sentais tous les regards sur moi. Il ne manquerait plus que je fonde en larmes. C'est alors que cet homme m'a aidée : il a désigné mon assiette où j'avais mis quelques langoustines : « Madame devrait prendre un peu de mayonnaise avec, ce serait moins sec. » C'était une façon de me dire : « Restez. »

J'ai accepté la mayonnaise et, tout en en tartinant

la chair des crustacés, je sentais un rire, un rire timide, incrédule, traverser mon brouillard. Où va se loger le sentiment de liberté ? Déguster cette sauce, que Francis juge indigeste et refuse automatiquement pour lui comme pour moi, était une autre façon de lui dire « non » : « non » à chaque bouchée, bref des « non » à la mayonnaise...

J'ai mangé aussi quelques huîtres et praires. J'ai laissé les oursins. J'ai vidé ma coupe de champagne et me suis laissé servir de vin. Je ne peux pas dire que je savourais. Il me semblait que chacun de mes gestes était observé, que tous se disaient : « Cette pauvre femme, voyez, son mari l'a plaquée. » Aurais-je le courage, une fois terminé mon repas, de me lever et traverser seule cette salle ?

Mes voisins ont demandé l'addition. Et soudain, je me suis dit : « Mais qui va régler la note ? » Dans le petit sac en satin noir que je porte avec mes tenues habillées, je n'avais qu'un poudrier et un peigne, pas même quelques pièces pour le vestiaire, pas même les clés de la maison. Cela a été le coup de grâce.

C'est alors, Jean, que j'ai vu apparaître à l'entrée de la salle à manger, entre les pans de velours rouge, une grande petite fille en jean et pull à col roulé, une reine dans sa simplicité. Son regard a fait le tour de la pièce, m'a trouvée sur la banquette ; Camille est venue vers moi, très naturellement, glissant comme une légère goélette entre les confortables et luxueux paquebots. Elle a pris la place de son père, elle a dit :

« Et maintenant, qu'est-ce qu'on se paie de bon comme dessert ? »

Une mère heureuse.

La Jouée, le 29 janvier

... une mère heureuse, une femme découvrant sa force. Vous n'avez pas couru après Francis pour lui demander pardon d'une faute imaginaire, vous êtes restée, accrochée comme à un jeune arbre à votre décision de poursuivre votre travail.

Une parenthèse ! Quel symbole, ces « sacs du soir » où les femmes n'ont la place de mettre que peigne et poudrier, se livrant ainsi au bon — ou au mauvais — vouloir de leur compagnon !

Mais laissez-moi me faire mon cinéma. Camille voit son père rentrer seul à la maison. L'interroge-t-elle ? Que répond-il ? Qu'importe : elle comprend et court vers vous. Je vois la goélette fendre la salle pleine des lourds paquebots amarrés à leurs plateaux d'algues et de coquillages, je regarde l'amour aller vers l'amour et comme un trait de lumière me traverse. Au fait, était-il bon, ce mémorable dessert ?

Le voilà donc franchi, ce premier pas vers vous-même. Ne croyez jamais, Béatrice, que je vous pousse à la révolte contre quiconque. Tout ce que je fais est, peut-être, de vous aider à lire plus clairement en vous et chercher votre chemin. Pouviez-vous, sur un claquement de doigts, abandonner Morgane et l'enfant à venir ? Allons donc ! Et ai-je tort de penser que le bonheur de cet enfant, et pas seulement le sien, celui aussi d'une mère trop jeune pour l'assumer, d'un couple qui l'attend comme le Messie, dépendent un peu de vous ?

Seconde parenthèse : quel bon tremplin pour un mari se lançant dans la politique qu'une femme qui œuvre bénévolement au mieux-être de ses semblables.

J'ai parmi mes patients un homme qui maltraite physiquement sa femme et ses enfants. Il est venu me trouver de lui-même, épouvanté par cette force obscure, ce désespoir, qui le jettent dans la violence. Sa mère le battait pour, ensuite, longuement le consoler et il voit à peu près clair dans son besoin de détruire pour se donner ensuite l'illusion de reconstruire. Ce qui ne l'empêche pas de se laisser emporter.

Pourquoi donc vous ai-je parlé de lui ? Vivre, pour certains, c'est tirer les autres dans leur nuit.

Et toujours ce drôle de temps ! Aucun signe à l'horizon de ce bon froid sec qu'attendent les paysans ici pour adoucir les prunelles dont ils feront l'eau de vie ; ce ciel bleu, coupant comme une lame qui, lorsque vous le respirez, vous donne l'impression de vous refaire une santé. Depuis une semaine, la tempête malmène arbres et maisons et je pense à mon père.

Chaque matin, tandis que le café passait, il sortait en robe de chambre faire l'inspection du toit, et, sous son regard, ce mot prenait toute sa signification. Ajoutez au toit, le pain et l'amour : ce fut un homme heureux.

Demain matin, je remettrai cette lettre en main propre au facteur afin qu'elle vous arrive au plus vite ; il aura son sourire entendu. Comment vous imagine-t-il ?

Moi, comme cette source vive, peut-être timide et hésitante, mais dont la chanson têtue éclaire, au printemps, la montagne tout entière.

Jean

FÉVRIER

« Beau et clair à la Chandeleur
l'hiver garde sa rigueur.
Mais s'il neige et fait du vent,
en route est déjà le printemps. »

Dicton.

Paris, le 3 février

Maman m'a appelée ce matin de Genève.

« Je suis si heureuse, commence-t-elle, si fière, ma petite fille. J'ai voulu te féliciter tout de suite. »

Abasourdie, je demande pourquoi.

« Mais pour Francis ! Cette étude qui lui est confiée. Et par l'Élysée... Tu verras : un jour tu auras un mari député. Tout le monde en fait le pari, ici.

— Pas si vite, ai-je répondu en riant. Et comment as-tu appris pour l'étude, c'est Francis qui t'a appelée ?

— Il a eu cette gentillesse. Il sait combien je prends à cœur tout ce qui vous concerne. A propos, il a une surprise pour toi. Enfin, sache que depuis hier ta mère est dans la joie. »

Mon mariage avec Francis a été pour maman une sorte d'apothéose. Il y a une photo d'elle que j'éprouve de la gêne à regarder tant elle la trahit. C'est après la messe, rayonnante, maman apparaît au bras de mon beau-père sur le parvis de l'église. Elle clame, cette photo : « Voilà où était ma place : au bras d'un ambassadeur et non à celui d'un consul. » Le consul, mon pauvre papa, tourne vers elle son regard de chien fidèle, prêt à tout accepter pourvu qu'on le garde ; il paraît que je lui ressemble.

« Il va de soi, ma chérie », a poursuivi maman au téléphone, « que tu devras modifier un peu tes habitudes : ton mari aura besoin de ton concours. Je ne doute pas que tu le lui apporteras sans compter ».

Mon cœur s'est serré : voilà donc pourquoi Francis l'avait appelée ! Ah ! je pouvais les entendre. Lui : « Béatrice n'est pas très chaude pour lâcher son petit job, vous savez, cette association... » Maman : « Béatrice m'a toujours écoutée, voulez-vous que je l'appelle ? — Si cela ne vous ennuie pas, mère. Mais surtout qu'elle ne s'imagine pas que cela vient de moi. — Mais Francis, cela viendra de MOI. »

Dire « non » à mon mari est une chose, le dire à maman une autre. Jean, maman était le soleil ! Je tremblais de froid loin d'elle. Toute mon enfance, j'ai cherché à m'en approcher, j'aurais tant voulu qu'elle me regarde avec fierté, mais comment faire ? Elle était la fée, moi une Cendrillon qui ne rêvait même pas de bal ni de prince. Les mondanités m'ont toujours assommée, les trop belles robes, les bijoux, me déguisent. A la plus somptueuse des ambassades, je préfère ma *Ritournelle*, cette maison en Normandie héritée de mon père. Je le voyais bien que je décevais maman. Parfois, elle me regardait l'air de dire : « Es-tu vraiment ma fille ? » Je crois avoir commencé à lui plaire le jour où j'ai plu à Francis.

Dire « non » à maman, c'est me tuer un peu en me tuant dans son cœur.

« Je seconderai Francis autant que je pourrai », lui ai-je promis. Je suis parvenue à rire : « S'il n'est pas député, je te garantis que je n'y serai pour rien. »

Pour finir, maman a pris sa « petite voix », celle qu'elle utilisait lorsque, enfant, il m'arrivait de lui résister. Et tandis qu'elle me répétait combien Francis et moi lui apportions de bonheur, que nous étions tout ce qui lui restait, j'entendais les mots d'autrefois : « Tu ne veux pas me faire de la peine, n'est-ce pas ? »

Après avoir raccroché, je suis restée un moment devant l'appareil. D'où me venait cette inquiétude ? Qu'avait-elle dit au début de notre conversation ? Puis je me suis souvenue : « Francis a une surprise pour toi. »

Quelle surprise, mon Dieu ? Jean, restez près de moi.

Béatrice

P.-S. : J'ai cacheté l'enveloppe et la rouvre dans la panique : plaintes, récriminations, comme si vous en manquiez avec vos patients ! Dites-le, je vous lasse.
P.-S. bis : Et voici qu'à nouveau j'ai l'impression d'être la seule à parler « vraiment ». Vous, vous vous contentez de me renvoyer la balle. Qui êtes-vous ? Qui suis-je pour vous ?
P.-S. ter : Dans quatre jours, samedi, Francis s'envole pour les États-Unis. Votre prochaine lettre, ici, s'il vous plaît. Ah ! Liberté.

Re-Béa

3 février. Onze heures du soir

Jean, je connais la surprise, je n'ai plus peur de vous lasser, il FAUT que je vous parle.

Camille était au cinéma avec des amis, je lisais au salon lorsque Francis est rentré du bureau, vers huit heures, comme d'habitude. Il avait l'air tout guilleret. Il est venu droit à moi, sans retirer son manteau et a laissé tomber une enveloppe sur mes genoux.

« Tu pourras dire que j'ai remué ciel et terre pour toi ! Ciel surtout... Ouvre. »

J'ai ouvert. Dans l'enveloppe, il y avait un billet d'avion : le Concorde.

« Je t'enlève. Madame va mener la grande vie à New York ! »

Incrédule, je regardais le billet. « Je compte sur toi », avait dit maman. Elle, ce matin, lui ce soir, ils s'étaient consultés pour me faire céder : je devais me « laisser enlever ».

« Eh bien, c'est tout l'effet que ça te fait ? »

J'ai bredouillé : « Je suis très touchée, Francis, mais tu aurais dû m'en parler avant. Je ne peux pas partir comme ça : Morgane doit accoucher bientôt et je lui ai promis d'être là. »

L'incrédulité a envahi son visage. Une véritable

incrédulité, m'a-t-il semblé. Je me suis sentie coupable : Francis s'était démené pour avoir ce billet, peut-être se réjouissait-il réellement de m'emmener. « Tu ne veux pas me faire de la peine, n'est-ce pas ? » répétait maman de sa petite voix.

« Morgane ? Mais tu plaisantes. Tu ne vas pas me faire croire que personne ne peut te remplacer », s'est exclamé Francis.

Oh ! si ! Marie-Thérèse, la directrice de l'association l'aurait fait sans problème. Mais ce n'était pas ça. Et ce n'était même pas le piège que je flairais. Il y avait autre chose, un souvenir qui remontait. Jean, un jour on m'a mis ainsi un billet d'avion dans la main, j'ai eu le malheur de l'accepter, il faudra que je vous raconte, il le faudra bien...

« Je ne veux pas partir », ai-je dit.

Francis a jeté son manteau sur un siège, il est allé vers le bar, une bouteille a roulé à terre et il a juré. Il est revenu vers moi.

« Est-ce ce... Jean-je-ne-sais-pas-quoi qui te monte la tête ? L'idylle se poursuit à ce que je vois ?

— Personne ne me monte la tête. Je ne veux pas laisser Morgane en ce moment, c'est tout. Et il y a aussi Camille. »

« Camille ? » Il a eu un rire. « A propos, où est-elle ? Encore sortie ? Encore en train de s'amuser au lieu de travailler ? Pratique, Camille, bel alibi ! “Je reste pour ma fille.” Je voulais t'en parler justement. Si nous voulons qu'elle passe son bac, nous devrons prendre des mesures. »

Une tempête est montée dans ma poitrine : « Quelles mesures ? »

— Il y a des boîtes, des pensions... Où on les oblige à travailler. »

Je me suis levée : pour Camille, je sais mieux me battre.

« Tu veux nous séparer pour me punir de ne pas aller à New York avec toi, c'est cela ? »

Son regard a étincelé.

« Figure-toi qu'il m'arrive d'agir pour le bien de ma fille, moi !

— Elle ne se laissera pas enfermer.

— Rappelle-toi qu'elle est mineure. »

Je suis allée à la fenêtre et j'ai collé mon front au carreau. Les voitures qui roulaient en files ininterrompues le faisaient légèrement vibrer. Peut-être quelqu'un me voyait-il et se disait : « Comme elle est bien chez elle, comme elle a de la chance d'être rentrée. » Derrière moi, Francis remuait les glaçons dans son verre. Deux mots, il suffirait que je prononce deux mots : « Je t'accompagne », et tout rentrerait dans l'ordre, on n'en « parlerait plus ».

J'étais sur le point de les dire lorsque j'ai revu la mère de Morgane : « La petite refuse de me parler, de me voir, pourtant, j'ai rien fait, moi. » En cédant à tout, elle avait perdu sa fille.

Je me suis retournée, j'ai dit : « N'insiste pas, s'il te plaît, je ne viendrai pas, je suis désolée », et j'ai quitté la pièce avant d'éclater en sanglots.

La porte d'entrée vient de claquer. Francis est sorti. Je crois savoir chez qui il se rend et qu'il ne rentrera pas cette nuit.

Jean, vous aviez raison : le premier « non » ouvre la voie aux autres. Mais à mon refus de ce soir, j'ai mêlé Camille, ce « non » risque d'être lourd de représailles sur elle et j'ai peur. Je me sens entraînée trop vite, si brusquement, vers je ne sais où, où je ne suis même pas certaine de vouloir aller.

Vous m'avez dit aussi : « Prononcez ce "non" pour

vous, surtout pas pour moi, je n'en veux pas. » Mais Jean, si vous n'aviez pas, un jour, pris la plume pour m'écrire, si je n'avais trouvé du bonheur à vous répondre, si Francis ne s'en était pas alarmé, en serions-nous là ?

Ce « non », je l'ai dit pour moi mais à cause de vous, ou grâce à vous, je ne sais même plus.

Béatrice

Mardi 7

Monsieur,

Je suis Camille, la fille de Béatrice Massenet. Maman m'a tout raconté pour vous deux. Voilà longtemps que je voulais vous écrire, je commence, je déchire, cette fois j'y vais, c'est trop important.

Papa est parti ce matin pour New York. Jusqu'au bout, il a tout essayé pour forcer maman à l'accompagner : la caresse, la griffe, vous ne pouvez pas savoir, c'est un ogre.

On ne parle pas comme ça de son père ? si ! Parce que c'est vrai. Quand j'étais petite, presque tous les soirs, il jouait à l'ogre. Il entrait dans ma chambre sur la pointe des pieds, il s'approchait de mon lit, soulevait le drap où je me cachais et commençait à me manger : le nez, les oreilles, la bouche, c'était horrible. Après son départ, j'allais devant la glace pour voir s'il manquait des morceaux.

Vous riez ? Parce que vous ne savez pas que c'est un vrai ogre : c'est la vie qu'il dévore, celle de maman, la mienne aussi un peu, mais avec moi il tombe sur des os et je me barrerai un jour.

Monsieur le Psy, sachez que j'ai toujours eu une

mère triste. Douce, gentille, mais triste, comme portant un poids trop lourd pour elle. Sauf à *La Ritournelle*, en Normandie, parce que c'est la maison de son enfance et que papa n'y met jamais les pieds, vous ne l'entendrez jamais ni rire ni chanter, et il m'arrive, moi qui l'aime tant, de la détester et de lui faire la gueule parce que, côté ambiance, franchement, c'est loin d'être ça.

Et puis vos lettres sont arrivées et ça a commencé par ses yeux : ça s'est allumé, ça a brillé, resplendi, c'était merveilleux, j'avais tout le temps peur que ça s'éteigne, j'aurais voulu pouvoir prendre cette flamme dans mes mains pour la protéger.

Il y en a eu un à qui ça n'a pas échappé bien sûr. La suite, vous connaissez.

J'ai un souvenir ! Je dois avoir cinq-six ans et, dans la chambre des parents j'entends de drôles de bruits, maintenant, je me doute de ce que c'était. Maman pleure et lui demande d'arrêter, lui ne veut pas et il rit entre ses grondements d'ogre. L'épouvante me submerge : va-t-il la dévorer tout à fait, cette fois ? J'appelle.

Un peu plus tard — rassasié, l'ogre doit s'être endormi —, maman vient se glisser dans mon lit. Je lui dis que je n'aime pas cet homme, je l'appelle exprès « cet homme », mais au lieu de me gronder, voilà qu'elle me demande pardon, pardon et encore pardon. De quoi ? Pourquoi ?

Cette nuit-là, j'ai compris que ma mère avait un secret et que c'était pour ça qu'elle disait toujours « oui » à papa. Il s'est passé quelque chose dans sa vie qui met comme un voile noir sur sa tête, vous voyez ce que je veux dire ? Elle expie. Et c'était de ce quelque chose qu'elle me demandait pardon à moi aussi.

Vous croyez que j'invente ? La preuve que non : un jour, j'ai demandé à Napy (Neuilly-Auteuil-Passy), ma grand-mère de Genève :

« Dis-moi le secret de maman. »

Elle est devenue verte. J'ai cru qu'elle allait tomber.

« Que sais-tu ? Que t'a-t-elle dit ? »

Je n'en menais pas large et il m'a bien fallu avouer que je ne savais rien de précis. Alors Napy a respiré à nouveau. Elle m'a caressé les cheveux et j'avais l'impression que ses bagues me raclaient le crâne.

« Il n'y a pas de secret, ma petite fille, ôte-toi ça bien vite de la tête et n'en parle jamais à personne, surtout pas à ta mère. »

Pourquoi je vous écris ? Pas pour vous demander d'arracher son secret à maman, pour vous dire de ne pas la laisser tomber. Si vous arrêtez de lui écrire, c'est bien simple, je crois qu'elle se laissera mourir avec la petite flamme. Elle est si fragile encore.

Ne me répondez pas surtout et, s'il vous plaît, ne lui dites jamais que je vous ai écrit. Je n'aime pas faire les choses derrière le dos des gens mais je me sens mieux maintenant.

Je voulais aussi vous dire merci.

Camille

P.-S. : Cette promesse de ne jamais vous voir, excusez-moi, débile !

La Jouée, le 7 février

Vous êtes bien là, Béatrice ? Vous êtes à la maison, n'est-ce pas ? Vous avez tenu bon et vous lisez ces mots sans craindre qu'on ne vienne vous les arracher pour s'en moquer ?

Ah ! que si, votre « non » vous l'avez prononcé pour vous ! Si vous cachiez à Francis l'intérêt que vous portiez à votre travail, c'était bien de peur qu'il ne vous en écarte. Et, que j'aie ou non existé, auriez-vous abandonné Morgane et toutes ces autres qui viennent à vous, comptent sur vous ? Certainement pas ! Le terrain du refus était prêt, la source bouillonnait, je n'ai été que le dernier petit caillou qui a emporté l'ultime défense.

Et maintenant vous avez peur... Vous ne savez où vous allez... Quoi de plus normal ? On vous attaque au plus sensible : Camille ! Sachez seulement qu'un père n'est pas seul à pouvoir décider du sort de son enfant.

Et puis, bon sang, fait-on traverser à quelqu'un l'Atlantique sans lui demander son avis, comme un bagage supplémentaire, quand bien même on y colle l'étiquette du meilleur hôtel ? Pardon, je suis en colère, je suis inquiet : si cette lettre ne vous trouvait pas ? S'il vous avait emmenée de force ?

Vos deux lettres me sont arrivées en même temps : la première m'a laissé perplexe : mais pour qui vous êtes-vous donc mariée ? Pour vous ou pour votre mère ? « Maman était le soleil... » Il y a des soleils qui aveuglent ; vous ne parlez que de sa fierté, de son bonheur à elle. Et le vôtre, Béatrice ? Et l'amour ? Je ne vois écrit ce mot nulle part. Oui, l'amour, cette douce et violente certitude, cette évidence que la solitude a pris fin et qui fait apparaître comme une longue attente, presque du temps perdu, les jours vécus avant la rencontre, j'allais dire les « retrouvailles » : « Tu en as mis du temps ; sans te connaître, tu me manquais... »

Mais voici que je m'emporte à nouveau, c'est que vous avez, sans le vouloir, ravivé d'anciennes blessures : l'amour, Béatrice, mon amour, j'en reste marqué à jamais.

Jean

Réponses à un petit panier de post-scriptum :

1 : Me lasser, vous ? Alors que je ris lorsque vous souriez et tisonne mon feu avec tant de rage lorsque je vous entends pleurer que le précieux tapis de famille y a laissé l'autre jour une partie de sa bordure !

2 : Qui suis-je ? Un « accro », en langage-Camille, qu'un peu d'encre bleue sur du papier lilas fait planer.

3 : Qui êtes-vous pour moi ? Une musique tantôt douce, tantôt déchirante et qui ne veut plus s'arrêter.

Paris, le 10 février

Oui, Jean, je suis là ! Mais au fait, qui est là ? La femme inquiète ou la soulagée ? La libérée ou la coupable ? En tous les cas, une femme étonnée de ce qu'elle n'ose appeler une victoire. Jusqu'à la dernière minute, je n'ai pas cru que Francis partirait sans moi. Soit j'accepterais de le suivre, soit il annulerait. Eh bien si, il est parti. Mais est-il réellement parti ? Le téléphone sonne, l'ascenseur monte, mon cœur bondit : c'est lui, il revient me chercher.

« Mais enfin, maman, la libération des femmes, ça ne te dit rien ? tempête Camille. C'est terminé de s'aplatir devant son mari. Regarde, tu es grande, tu marches toute seule ! »

... à la maison, c'était mon père qui se faisait petit et marchait à la baguette. Libération ou non, n'y aura-t-il pas toujours, dans bien des couples, l'un qui cherchera à dominer l'autre ?

« Eh bien si l'un vous pompe trop l'air, on dégage », tranche Camille.

Aussi simple que ça ! Je ris : si « Napy-longs-crocs » entendait sa chère petite-fille !

Mais vite la grande nouvelle ! Ce matin, à 9 heures 36, une petite respiration supplémentaire est venue s'ajouter aux quelques milliards de souffles humains. Avez-vous entendu ce soupir ? Ce zéphir ? C'est celui du bébé de Morgane.

Quatre heures du matin lorsque le téléphone me réveille en sursaut. Devinez à qui je pense. Mais non, l'appel vient de plus près, de tout près : le foyer. Les contractions ont commencé et Morgane me réclame.

Le temps de laisser un mot à Camille et je fonce dans Paris désert au volant de ma vieille Pégase, toutes vitres ouvertes sur l'aventure. Et soudain ma poitrine déborde, je deviens trop grosse pour moi-même, si je ne fais rien, j'implose. Alors je me suis mise à chanter, à toute force, et à rire en même temps d'une drôle de voix rouillée : dire que l'on m'appelait « le piaf ».

Morgane m'attendait dans le hall, son sac de voyage à ses pieds. Elle a couru dans mes bras : « Est-ce que ça va faire mal, très mal, encore plus mal que ça ? » Je l'ai rassurée : elle avait souhaité la péridurale et ne sentirait presque rien. « Est-ce que vous resterez avec moi ? — Si on m'y autorise, je ne te quitterai pas. »

On m'y a autorisée en raison de son âge. Ah ! Jean, cette petite fille écartelée, cet être qui exigeait de sortir et sortirait, dût-il arracher les tripes de celle qui l'avait, par inadvertance, mis en route ! Et moi qui, un instant auparavant, chantais la vie, voilà que je l'injurie de prendre l'ignorance au piège. Il ne manquait plus que le « maman » déchirant que Morgane gémit en me fixant.

« Voudras-tu voir ton bébé ? » Je lui avais posé la question avant d'arriver à l'hôpital et elle avait répondu : « Non. » Mais lorsqu'il a crié, elle a tendu la main. La sage-femme le lui a montré. « Salut », a-t-elle dit avant de se détourner.

C'est un tout petit garçon, à peine deux kilos, un « bébé-araignée » comme on les appelle ici. On l'a placé en couveuse.

Et maintenant l'aveu ! Pas plus qu'elle n'avait souhaité connaître le sexe de son bébé, jamais Morgane n'avait voulu parler d'un prénom. Il lui a bien fallu se décider pour que l'on puisse le déclarer : « Pierre, Paul, Jacques, Jean, m'en fous, ce qui vous chantera. » Devinez ce qui m'a chanté ? Vous ne m'en voulez pas ?

Oh ! Jean, dire que j'aurais pu ne pas être là ! Ne pas serrer dans la mienne cette main aux ongles rongés, ne pas répondre à ce regard qui sans cesse venait s'accrocher au mien. Il me semble que j'aurais failli à moi-même.

Demain, je ferai signer à Morgane le papier qui confie le bébé à notre association en vue de son adoption. Il y est inscrit que durant trois mois elle aura la possibilité de le reprendre et le reconnaître pour sien. Je me souviens de la phrase qu'elle m'avait lancée, ce jour de septembre, entrant dans mon bureau : « Je ne veux pas de ça. » « Ça » s'appelle aujourd'hui Jean, Arnaud, Thomas (le troisième prénom lui servira provisoirement de nom de famille). Lorsque ce matin, d'une voix brouillée par l'émotion, elle lui a dit : « Salut », c'était sa façon de l'accepter. Si finalement elle choisissait de le garder, je m'engage ici, très solennellement, à ne pas les abandonner.

Savez-vous l'heure ? Trois heures de l'après-midi. Devinez-vous ce que je vais faire ? Dormir. Je suis vannée.

Mais quelle bonne fatigue, quelle fatigue heureuse ! Mission accomplie, Jean.

Béatrice

La Jouée, le 13 février

Pour Morgane, cette branche de forsythia fleurie avant l'heure comme le petit Jean ! Et puisqu'il porte mon prénom, permettez-moi de m'en considérer comme le parrain. Dites, qu'offre-t-on pour sa troisième journée sur terre à un bébé-araignée en cocon-couveuse ?

A quatre heures du matin, fonçant vers ce que vous aviez choisi de faire — au prix de quelle lutte — savez-vous ce qui vous arrivait ? Vous naissiez vous aussi ! Béatrice naissait de Béatrice. Alléluia.

Ah ! que Camille me plaît ! « Regarde, maman, tu marches toute seule... » L'entendez-vous ? « Marche seule et je marcherai mieux. » Et lorsqu'elle tente de vous faire rire : « Aime la vie et je l'aimerai davantage. »

Béatrice, dites-moi, d'où vient cette tristesse qui assombrit, comme un nuage, certaines de vos lettres ? Pourquoi donc « haïssez-vous » Noël ? Où vous a menée ce billet d'avion que l'on vous a, semble-t-il, obligée à accepter ? Ne me jugez pas indiscret. N'est-ce pas vous qui, un jour, m'avez dit : « Il faudra que je vous raconte. » Racontez !

Hier, je recevais des amis à dîner. Nous avons parlé

d'égalité, l'éternel sujet : l'égalité est-elle possible, souhaitable, vivable ? L'une des grandes inégalités de la vie est, me semble-t-il, la faculté qu'a chaque être de réagir aux coups durs. Vous avez ceux qui trouvent en eux la force de surmonter, et ces vernis-là parviennent même parfois à sortir plus riches de l'épreuve. Et vous avez les vaincus d'avance, ceux qui soupirent : « C'est toujours sur moi que ça tombe. » Et l'on dirait en effet que, faute du ressort nécessaire pour réagir, ils accumulent les catastrophes sur leurs pauvres têtes.

Cette force ou cette faiblesse font souvent partie de notre nature même ; aucun gouvernement, aucune loi, ne donnera à ceux qui en manquent l'élan vital qui permet de surmonter les défaites.

Quand vous chantiez que vous aimiez la vie, quand, devant Morgane souffrante, vous criiez que vous la détestiez, c'était la preuve que l'élan est en vous.

Après dîner, nous avons poursuivi, mes amis et moi, la conversation devant le feu. Soudain, éclat de rire général, tous les yeux sont fixés sur ma personne. « Voilà trois minutes qu'on te parle, pas de réponse, peut-on savoir où tu étais ? »

Devinez !

Jean

Genève, le 13 février

Ma chère fille,

Je suis inquiète. Appelant hier chez toi pour avoir des nouvelles de Camille que je croyais seule à Paris, celle-ci m'a appris que tu n'avais pas suivi ton mari aux États-Unis. Et comme je m'étonnais, elle m'a déclaré que tu étais trop occupée avec ton association pour t'absenter trois semaines.

Ma petite fille, tu as la chance d'avoir un mari qui t'offre une vie plus que confortable ; jamais, que je sache, il ne t'a rien refusé, la moindre des choses n'est-elle pas qu'en retour tu essaies de lui faire plaisir ? Quelle joie il se faisait de t'emmener avec lui !

Ce petit job bénévole que tu t'es trouvé t'intéresse, soit ! Je peux le comprendre (à mon époque c'était plutôt le bridge et la cagnotte était destinée à une œuvre), mais ton devoir est de donner la priorité à ton mari. As-tu seulement songé à ce que tu deviendrais s'il n'était pas là ? Sans qualification professionnelle ni expérience, comment vivrais-tu, dis-le-moi ? Et tu n'ignores pas que, sans sa générosité, jamais je n'aurais pu acheter cet appartement à Genève où je me plais tant. Ton pauvre père vivait, hélas, au jour le jour. Il n'a pas su préparer l'avenir.

Autre chose me tourmente, ma chère fille, cette correspondance que tu aurais nouée avec un inconnu. Ne crois pas que Francis se soit plaint, tu le connais, ce n'est pas son genre, mais il a eu pour m'en parler ce petit rire qu'ont les hommes blessés dans leur amour-propre.

Voyons, Béatrice, reprends-toi ! J'ignore qui est ce monsieur à qui tu écris, mais tu sais bien que, dans une lettre, surtout pour toi qui, depuis l'enfance, as la manie de te confier à du papier, on en dit souvent plus qu'il ne faudrait. Sache, et je n'exagère pas, que l'on peut être d'une certaine façon infidèle épistolairement. C'est grave ! As-tu également songé à l'exemple que tu donnais à Camille ? J'espère qu'elle n'est pas au courant et que, lorsque tu recevras cette lettre, tu auras mis fin à cet enfantillage. A propos, où en est-elle de ses études ? Ses bulletins ne sont pas brillants, paraît-il. Même à son âge, elle a besoin d'avoir sa mère à la maison, une mère qui ne rêve pas trop !

Mes amis Hubert me chargent de te dire mille choses de leur part. T'avouerai-je que vous êtes, Francis et toi, sans compter ta fille bien sûr, notre sujet de conversation favori ? N'ayant pas eu la chance d'avoir des enfants, ils vous ont, en quelque sorte, adoptés et ne se privent pas de me dire qu'un gendre à l'image de ton mari, aussi attentionné et généreux, c'est comme un fils.

Je suis allée dernièrement voir Bontemps (mon cardiologue) pour de petites douleurs au bras gauche.

Il m'a recommandé de me ménager, physiquement et moralement.

Réponds-moi vite, rassure-moi vite, ma petite fille. Chaque jour je prie pour toi ; n'oublie pas que tu es le meilleur qui reste à

Ta mère

Paris, le 16 février

Chère maman,

Qu'aurais-tu dit si, de but en blanc, papa t'avait annoncé qu'il t'emmenait pour trois semaines, sans t'avoir consultée, à des milliers de kilomètres ? Franchement — puisque pour toi « c'était le bridge » — aurais-tu annulé toutes tes rencontres ? Et aurais-tu décommandé tes déjeuners, ces réceptions auxquelles tu aimais tant à te rendre ? J'en doute. Je suis même sûre que non.

Francis a pris mon billet sans me demander mon avis. Une toute jeune femme dont je m'occupe n'était pas loin d'accoucher et je lui avais promis d'être là. Vraiment, maman, je ne pouvais accepter. Elle a d'ailleurs eu son bébé avec un peu d'avance et je ne me serais pas pardonné de lui avoir manqué.

Je sais, je sais, Francis me fait vivre ! Il est, avec moi comme avec toi, d'une grande générosité, mais achète-t-il du même coup ma liberté ? Cela me condamne-t-il à céder à ses quatre volontés ? Ne t'en fais pas, si je peux lui être utile dans sa carrière, je m'y emploierai de mon mieux, mais je ne vois pas en quoi ma présence à New York aurait pu l'aider en quoi que ce soit. Crois-moi, il ne s'agissait pas là — tu vas bondir — que d'un simple caprice.

Pauvre papa, comme tu le traites ! Avec la grande vie que vous meniez et qui n'était pas pour te déplaire, comment voulais-tu qu'il mette de côté pour l'avenir ? Croisières, réceptions, hôtels, factures de grands couturiers, son traitement de diplomate y suffisait à peine et il n'avait pas de fortune personnelle. Et puis, il ne pensait pas nous quitter si vite : soixante-trois ans... Il espérait pouvoir te gâter encore longtemps. Ne vois là aucun reproche, maman, tout son bonheur consistait à permettre à son « étoile » de briller plus encore. Te rappelles-tu ? Lorsqu'il t'appelait ainsi, c'étaient ses yeux qui devenaient des étoiles.

C'est vrai, je corresponds avec quelqu'un de bien, en qui j'ai confiance. Camille est au courant et n'y voit pas d'inconvénient. Je n'ai pas l'impression de mal me conduire et ne crains rien, je ne romprai pas le serment que j'ai fait. Mais toi qui sais ce que j'ai vécu et souffert, tu dois comprendre que pour vivre, pour respirer, j'ai besoin d'un peu d'espace à moi, de rêve, appelle cela comme ça si tu veux, mais ne dis pas que ce sont des enfantillages. Et ne me demande pas de renoncer à cette correspondance, je ne pourrais l'accepter. J'ai changé, tu sais, depuis ce jour de décembre, il y a dix-huit ans, où tu m'as tendu un billet d'avion, où je l'ai accepté, hélas, maman, hélas !

Camille travaille mieux depuis que le regard de Francis ne pèse plus sur elle, lui signifiant qu'elle n'arrivera jamais à rien de bon. Dis de ma part beaucoup de choses aux Hubert et ménage ton cœur s'il te plaît.

Je t'embrasse très fort.

Béatrice.

Paris, le 16 février

« Pas si fort, pas si haut... » Papa poussait ma balançoire à *La Ritournelle* ; je le suppliais d'arrêter, il me recevait dans ses bras. Ce n'était pas la montée qui m'épouvantait le plus mais la descente, à l'envers, en aveugle. Mon cœur descendait lui aussi, jusqu'au bout de mes sandalettes : j'allais mourir, c'est sûr. Papa riait : « Crois-tu que je ferais du mal à ma petite fille ? »

Pas si fort, Jean, pas si haut ! Vous me jugez plus brave que je ne le suis, plus solidement calée sur ma balançoire. « Cet élan vital, vous l'avez », déclarez-vous. Une simple lettre de maman vient de me faire dégringoler de mes hauteurs en me montrant les limites de mon indépendance : « N'oublie pas, me dit-elle, que Francis te fait vivre. »

« Faire vivre »... Comme ils pourraient être beaux, ces mots, s'ils évoquaient autre chose que les gros sous ! Au début de chaque mois, Francis me remet un chèque avec lequel je couvre les frais de la maison et ceux, vestimentaires, de Camille et de moi. Jamais il n'y avait manqué... jusqu'au chèque de février qu'il a oublié de me donner avant de partir pour New York. Oublié ? Et si c'était là un avertissement : « Sans moi, que ferais-tu ? » Voici exactement ce que maman m'a dit dans sa lettre : « Sans lui, que ferais-tu, que ferions-nous ? » Car il l'aide, elle aussi. (Ne craignez pas que je sois à sec, je ne dépense jamais la totalité de ce que Francis me donne et tiendrai aisément jusqu'à son retour.)

Mais ce qui, dans la lettre de maman, m'a fait le plus mal, c'est une réflexion à propos de papa qu'elle accuse de n'avoir pas su assurer ses vieux jours. Pauvre papa qui a travaillé comme un fou pour satisfaire ses goûts de luxe ! Trop de travail, de sorties, de voyages, furent sans doute la cause de son infarctus. Et voilà tout ce que maman trouve à dire !

Ai-je épousé Francis pour lui faire plaisir ? J'avais vingt ans et n'étais jamais sortie de son influence. Il me semble avoir été emportée par des vents contraires, n'avoir rien vraiment décidé. Où me menait cet avion ? Loin du bonheur, Jean, loin à jamais. C'était la veille de Noël. Vous êtes le premier pour qui j'évoque ce temps. Je ne peux le faire sans souffrance. Sachez que cet amour total dont vous me parliez un jour, j'ai cru, moi aussi, l'avoir rencontré. Et, comme vous, je l'ai perdu.

Devinez qui est Arthur ? Votre langue au chat ? Eh bien, imaginez une longue perche rousse, dotée des yeux verts de rigueur et d'une gaieté, d'une drôlerie...

Dimanche, oh ! bonheur, Camille m'a fait la faveur de me présenter son ami ! « Petit ami » qui, curieusement, signifie davantage que « grand ». J'étais allée voir Morgane à l'hôpital. Rentrant à la maison, depuis l'ascenseur, j'entends une musique de sauvages ; elle vient de la cuisine où s'activent deux pierrots enfarinés.

« Joyeuse Chandeleur, maman, me souhaite ma fille. Je te présente le roi de la crêpe. »

Il a vingt-trois ans, cinq frères et sœurs, vieille famille bretonne. Crêpes et galettes, nous nous sommes régalés sur la table de la cuisine, dégustant au fur et à mesure de la fabrication.

Et que déclare-t-elle, ma fille, tout à coup, en me regardant droit dans les yeux ? « Ton Jean-l'ours, il ne sait pas ce qu'il perd. Tu devrais lui dire de venir, on lui ferait des crêpes au miel. »

Alors vous êtes entré. Vous vous êtes assis à la table. Il n'y a eu aucune gêne, aucun « blanc » ; il me semblait vous connaître depuis toujours.

Jean, c'est moi qui, la première, ai proposé le pacte : j'avais peur de vous voir. Aujourd'hui, j'ai besoin de me dire qu'un jour nous nous rencontrerons. Oh ! pas forcément maintenant, demain ; mais un jour, pour plus de lumière encore, pour l'espoir. Si les deux sont d'accord, cela se rompt, un pacte, n'est-ce pas ? Viendrez-vous un soir déguster avec nous les crêpes au bonheur ?

Béatrice

P.-S. : J'allais oublier ! L'autre soir, à l'Association, je tombe sur quoi ? un article d'un certain Jean Villeneuve sur l'enfance maltraitée, un bel article, fort, plein de révolte. Seul regret : aucune photo de l'auteur ne l'accompagnait.

Toujours le 16 février, mais trois heures plus tard (sept heures du soir)

Et voilà qu'il est revenu à l'instant, ce grand souffle dans ma poitrine. Vous voulez bien le partager !

J'étais dans le salon, occupée à faire un ourlet pour Camille ; par la porte entrouverte de sa chambre, je pouvais la voir, penchée sur son travail. On entendait, sur le boulevard, la circulation intense du soir et le calme de l'appartement s'en trouvait rehaussé. La pendule a sonné sept coups ; c'est alors que ma poitrine s'est gonflée à éclater, comme l'autre matin, alors que je roulais vers Morgane.

Comment définir ce déferlement ? Une bouffée de joie ? Non ! Trop passagère, la joie. Une vague de bonheur ? Pas davantage : trop rond, trop collé à la peau, le bonheur. Cela vient de plus loin, de plus haut : on dirait que les pans du ciel s'écartent, m'offrant un autre ciel, plus léger. Soudain, je respire... avec délice.

Mais j'y pense : la mère de Morgane m'a parlé de respiration, elle aussi ! Vous avez encore une minute, Jean ? Je peux continuer ? Madame Lartigue est revenue me voir à l'Association pour me faire part de son inquiétude. La veille, son mari lui avait demandé si Morgane avait accouché ; il voulait savoir où elle se trouvait. Madame Lartigue a juré n'en avoir aucune idée mais redoute qu'il ne l'ait pas crue. En fait, elle le sait bel et bien ! Morgane a renoué avec sa mère et celle-ci connaît l'adresse du foyer où se trouve sa fille depuis l'accouchement.

« Ne la lui donnez surtout pas, lui ai-je recommandé. S'il revient à la charge, envoyez-le-moi. »

C'est à ce moment qu'elle a parlé :

« Si vous saviez, chaque soir, un peu avant sept heures — c'est l'heure où il revient —, l'air se raréfie à la maison, je cherche mon souffle, il me semble que chaque pas qu'il fait vers nous ajoute comme une pierre dans ma poitrine. Les enfants aussi le sentent : ils cessent leurs jeux, ils ne rient plus, et lorsque l'ascenseur s'arrête à l'étage, ils rentrent les épaules et cherchent mon regard : comment sera-t-il ce soir ? De bonne ou mauvaise humeur, calme ou violent ? Va-t-il rouspéter sur tout, interdire tout, faire son caïd ? La clef tourne dans la serrure, le ciel est tout petit. »

Le ciel vient de s'ouvrir pour moi aux sept coups de l'horloge. L'ascenseur ne s'arrêtera pas à l'étage, aucun regard soupçonneux ou hostile ne viendra contracter ma poitrine.

Mais que suis-je en train de faire ? Je ne vais tout de même pas comparer Francis à l'horrible Lartigue ? C'est seulement ce soir que je respire si bien ! Jean, le train est parti. Je suis dedans.

Béatrice

La Jouée, le 22 février

Chez moi, à la Chandeleur, ce n'était pas des crêpes que l'on dégustait, mais des beignets : les « sanciaux ». Nous faisions, ma sœur et moi, des concours à qui en mangerait le plus ; ce qui nous valait de joyeuses indigestions. Leur odeur imprégnait longtemps la maison.

Si le toit de cette maison était la fierté de mon père, le buffet et l'armoire à linge faisaient l'orgueil de ma mère. En bois de chêne, à deux portes et vaisselier présentant les assiettes de faïence et de porcelaine, le buffet donnait un peu de sa lumière rousse à la cuisine. Ma mère passait de longs moments devant l'armoire à linge reçue pour son mariage, à compter draps et serviettes. « Tu vois, ces draps-ci, c'étaient ceux de ton berceau »... « La tante Émilie, avec sa peau de princesse, ne supportait que ceux-là ! Moi, je disais : on ne doit pas se sentir dormir là-dedans. »

Maman ne comptait pas le linge en avare, mais comme on feuillette les pages du livre de sa vie : des pages de bonheur et de fidélité.

Nous voici loin des galettes dégustées avec Camille et son Breton !

Ainsi, j'ai été invité à les partager ? Béatrice, permettez que je reste l'invité de cœur, dont les gros sabots ne sont pas nécessaires pour qu'il soit bel et bien présent. Je les savoure encore, vos crêpes au bonheur !

Ah ! les gros sous. De quel poids ils pèsent dans la vie d'un couple ! Cet homme, soudain étranger, à qui l'on crie : « Pour ta voiture, rien n'est trop beau, mais moi, je peux bien me mettre la ceinture ! » Cette femme à qui l'on gueule : « J'en ai marre d'être une vache à lait ! » Mon père dirigeait près de Bourges une petite entreprise de faïence. Il était fier que son salaire permette à sa femme de rester à la maison et de nous élever, ma sœur et moi. Il adorait — le mot n'est pas trop fort — la savoir là quand il rentrait. Chaque mois, il lui remettait sa paye. Maman avait la délicatesse de laisser toujours, dans un vieux pot à tabac placé sur la cheminée, les quelques billets qui dispenseraient son mari de lui demander de l'argent de poche.

Beaucoup de ceux, de celles surtout, qui viennent me trouver, ont leur vie minée par ces problèmes d'argent, auxquels s'ajoute la honte d'en parler.

Je n'aime pas l'expression « faire vivre » et, ici, je ne parle pas seulement des gros sous. On chemine ensemble, on s'aide mutuellement à vivre mais chacun doit rester maître de sa propre existence.

Ce ciel qui s'ouvre plus largement pour vous, Béatrice, c'est la découverte que vous n'avez besoin de personne pour vous faire vivre. « Tu respires, tu marches toute seule », comme dirait mon amie Camille. Et, en cela, vous ne retirez rien à personne, au contraire, puisque, c'est bien connu, le meilleur chemin vers les autres passe par le chemin vers soi-même.

Jean

P.-S. : Il m'arrive en effet de donner un article ici ou là. Membre, comme vous le savez, d'un comité pour la protection de l'enfance, c'est le moins que je puisse faire.

Paris, le 25 février

Jean, vous ne pouvez pas savoir ! Un mot dans votre dernière lettre : « les sanciaux », m'a mis le cœur à l'envers. Ces beignets de la Chandeleur, quelqu'un m'en avait déjà parlé. Leur forme, le sucre sur le palais, les odeurs chaudes dans la maison, tout cela je l'avais entendu mais croyais l'avoir oublié. C'est revenu avec la force d'une lame de fond. La famille de celui qu'à vingt ans j'ai aimé habitait le Berry ; ces sanciaux, nous devions les partager à Noël. Nous n'avons pas passé Noël ensemble. Je n'en connaîtrai et n'en veux jamais connaître le goût.

Et il a fallu que ce soit vous qui tiriez ce nom de ma mémoire ! Mais parlons d'autre chose, enterrons vite, comme d'habitude, la douleur du passé sous les événements d'aujourd'hui, ou plutôt d'hier. Écoutez !

Hier, à sept heures du soir, un homme sonne à la porte du foyer pour jeunes filles en situation difficile où se trouve à présent Morgane. Bousculant les employés qui tentent de l'arrêter, il s'introduit au réfectoire où se déroulait le dîner et vient se planter devant elle.

« Je suis venu te chercher, le gosse aussi. On rentre à la maison. »

Hélas, la mère avait parlé !

« Pas question », a répondu Morgane et, comme il tendait la main pour l'attraper, elle s'est laissée glisser sous la table, se réfugiant comme une enfant dans l'abri le plus proche, entre les jambes de ses camarades.

Le père ! Pour beaucoup de ces petites, recueillies par le foyer, soit il n'a pas existé, soit il a représenté la violence et, pour certaines d'entre elles, pire encore. Elles étaient, paraît-il, pétrifiées par la peur.

Alertée, la directrice du foyer — après m'avoir appelée en catastrophe — a couru au réfectoire. Lartigue, qui tentait vainement de sortir Morgane de sa cachette, a tourné sa colère vers elle.

« Dites-lui de me suivre, elle est mineure. »

Imaginez, face au un mètre quatre-vingt-cinq massif de cet homme, ce petit mètre cinquante-huit de femme, tout rond, tout sourire (les petites l'ont surnommée « smile »).

« Morgane est ici sur décision du juge et nul ne peut l'obliger à partir contre son gré, a-t-elle répondu avec le plus grand calme. Si vous me suiviez, monsieur ? Nous parlerions tranquillement de tout cela. »

Le mot « juge » a visiblement impressionné Lartigue. « Quand on fait un enfant, on l'assume », a-t-il encore lancé vers la table sous laquelle Morgane se trouvait toujours, avant de suivre la directrice dans son bureau. Je les y ai rejoints quelques instants plus tard.

Jean, vous est-il arrivé, dans la rue, le bus, n'importe où, de croiser un homme ou une femme qui vous donnent l'impression d'appartenir à un autre siècle ? Leur visage, leurs vêtements, leur attitude surtout, généralement hautaine, sont résolument ceux du passé : ils refusent leur temps.

Face au père de Morgane, il m'a semblé être devant un bloc de marbre. J'avais sous les yeux un homme figé dans une morale, des principes d'une autre époque. La statue d'un Commandeur assuré de son bon droit : inattaquable.

« Il ne cogne pas souvent, mais quand il cogne on a l'impression que c'est Dieu qui cogne », m'avait confié un jour Morgane.

Que peut-on contre Dieu ?

Plutôt que de frapper ses enfants pour une « faute » commise, il préférait, m'avait révélé la mère, les faire mettre à genoux, parfois durant plusieurs heures. De son éducation catholique chez les Pères, il n'avait retenu que la règle, oubliant l'amour et le pardon.

La directrice nous a présentés l'un à l'autre et je lui ai parlé du rôle de notre association et de la décision de Morgane de nous confier le bébé pour l'adoption. Mais je parlais dans le vide ; il ne m'entendait pas. Où était le problème puisqu'il avait décidé de reprendre à la maison, et la mère et l'enfant ?

« Chez moi, on n'a encore jamais abandonné son gosse, on prend ses responsabilités », tel était son leitmotiv et l'on sentait dans sa décision le poids du jugement de l'entourage. Lartigue voulait apparaître comme celui qui accordait son pardon et rouvrait sa porte à la brebis égarée.

Comment faire admettre à cet homme qui avait toujours mené les siens à la baguette que cette fois, qu'il le veuille ou non, ce serait à Morgane de décider ? Je n'avais qu'une crainte : qu'il aille la chercher par la peau du cou et l'emmène de force. Vous allez rire... J'avais repéré sur un coin de bureau un presse-papier qui semblait assez lourd pour l'estourbir un moment : le temps d'appeler la police.

Et puis le miracle s'est produit. Lartigue croyait

que le bébé se trouvait là lui aussi et, lorsque je lui ai expliqué qu'il n'en était rien, que le garçon était et resterait en pouponnière, son attitude a brusquement changé. Je suppose qu'il s'était vu ramenant en fanfare la mère et l'enfant. Rentrer avec l'une sans l'autre le priverait d'une partie de son auréole et il a accepté de laisser Morgane au foyer tout en nous avertissant que nul ne l'empêcherait de lui rendre visite aussi souvent qu'il le voudrait.

Il a tenu à lui dire au revoir. Ah ! Jean, ces quinze petites années de vie fragile, mal assurée, face à ce bloc de cinquante ans, sous ce regard sans amour ! « Ta mère t'attend, je reviendrai, on causera. » Trois rafales de mitraillette.

Lorsqu'il a été parti, j'ai lancé à Morgane : « Ma chérie, c'est toi qui décides, tu es libre ! » Je n'oublierai jamais son regard : « Libre ? Libre comment ? » Combien mes « non » me paraissent aujourd'hui faciles, en regard de ceux qu'elle aura à répéter à son père !

Au bas du papier que Morgane a signé, sont inscrits ces mots en gros caractères : « Je certifie que ma décision a été prise librement. » La lutte n'est pas égale ! Nous nous sommes engagées à ne pas chercher à l'influencer et alors que je brûle de lui crier : « N'écoute pas ce salaud », je ne peux que lui dire avec un pieux sourire : « Pense au bonheur de ton enfant. » Cela sera-t-il suffisant ?

Son père reviendra ! Il pèsera de tout son poids pour l'obliger à reprendre l'enfant et rentrer à la maison, quelle maison ! J'ai vu dans son regard la certitude de réussir, une lueur d'ironie : « Parlez, parlez toujours, c'est moi qu'elle écoutera. »

Le presse-papier était en marbre, bien compact, bien pesant. Quel heureux mariage il aurait fait avec son crâne !

Pause-thé pour me calmer les nerfs, votre dernière lettre en guise de tartine... à la confiture amère. Ainsi, vous refusez l'invitation de Camille et ne viendrez pas, en chair et en os, partager nos crêpes ? Sachez que je n'ai pas dit mon dernier mot !

Jean, est-ce à cause de la « femme de votre vie » que vous tenez tant à respecter le pacte ? Voilà que je deviens jalouse, je la sens comme un mur entre vous et moi. La revoyez-vous ? Vit-elle dans votre région ?

Quoi qu'il en soit, vous me devez quelque chose. Puisque vous, vous m'avez vue, j'ai droit à une photo, je l'attends.

La femme au presse-papier

La Jouée, le 29 février

Je n'ai revu qu'une seule fois celle dont je vous ai parlé ; elle ne vit pas dans la région. Un mur entre nous ? Certainement pas. Et si, au contraire, ayant souffert par elle autrefois je savais mieux comprendre Béatrice aujourd'hui ? Elle est cependant, c'est exact, pour quelque chose dans ma décision de respecter notre pacte.

« Nous voir », me disiez-vous en me le proposant, « risquerait d'effacer la magie ». Lettre à lettre (comme pierre à pierre), confidence à confidence, cette magie est devenue un fragile édifice de confiance, d'âme. N'y touchons pas, je vous en prie. Et ne m'en demandez pas davantage sur « elle » ; pour moi aussi, il est des sujets douloureux.

Mais parlons plutôt de Morgane ! Pas question de rêve pour elle : la vie, dans toute sa violence. Dites-moi, Béatrice, un enfant qui, sous vos yeux, mourrait de faim, vous le nourririez, n'est-ce pas ? Sans attendre que l'on « statue » sur son cas ? Un enfant qui, sous nos yeux, manque d'amour, on se détourne et s'en remet à d'autres pour décider de son avenir, lui laissant tout le temps de crever : mourir de haine, d'indifférence, de mauvais traitements, cela arrive en France à deux enfants par jour.

On juge cette semaine à Bourges une mère responsable de la mort de son petit garçon. Je me suis penché sur ce cas et, au banc des acccusés, si j'en avais le pouvoir, j'en ferais paraître bien d'autres qu'elle : certains imbéciles de l'administration qui ont voulu, à tout prix, même à celui du martyre d'un enfant, faire passer les liens du sang avant ceux du cœur, ceux de l'entourage qui savaient et n'ont rien dit car Tanguy est mort également de silence.

Parlez, Béatrice, vous en avez le devoir. Rappelez clairement à Morgane ce qui l'attend chez elle. Son père ne va-t-il pas chercher à l'influencer ? Sa mère ne va-t-elle pas la supplier de rentrer ? Le poids des mères, vous connaissez ! Confier pour l'adoption un enfant dont on sait qu'on ne pourra le rendre heureux est un acte d'amour, parlez d'amour à Morgane, c'est un langage qu'on est toujours prêt à entendre à quinze ans.

Comme vous, je viens de faire une pause indispensable : pause-jardin. Savez-vous que mon romarin est en fleurs ? Autant de papillons bleu-mauve autour desquels s'activent les abeilles ; je me surprends à les encourager : « Allez-y mes belles, gorgez-vous de bon pollen, profitez ! » Elles me connaissent. Non, ne souriez pas, c'est vrai ! L'autre jour, un visiteur qui se risquait à m'imiter et en approchait trop le nez s'est fait cruellement piquer. Vous voyez !

Le vieux Léon a joué un sale tour à mon pauvre pommier en le badigeonnant de blanc pour le préserver, prétend-il, des parasites. Me voici avec, au centre de la pelouse, un unijambiste plâtré. Mes mousquetaires se tordent de rire.

Mais j'y pense, Béatrice, mars est presque là, votre

mari n'est-il pas sur le point de revenir ? Puis-je continuer à vous écrire à la maison ? Cette maison où je n'ai nul besoin d'entrer pour en respirer l'atmosphère, entendre le rire de Camille, goûter au sourire de sa mère. Un jour, j'ai fait signe à une femme, me revoilà avec une famille sur le cœur : Camille et Arthur, Morgane et Jean sans oublier « Napy ». Vous en prenez de la place ! Restez. Restez tous.

Jean

P.-S. : Les ours détestent se faire photographier ; ils piétinent les appareils. Imaginez-moi tel que vous souhaitez que je sois.

MARS

« Quand mars entre comme un mouton,
Il ressort comme un lion. »

Dicton.

Paris, samedi 4 mars

Ce soir, il était neuf heures, nous regardions la télévision, Arthur, Camille et moi, dégustant à la fois des avocats au crabe et John Wayne dans un palpitant western, lorsque la porte d'entrée a claqué. Le regard de Camille a volé vers le mien : « On était trop bien ! » Francis est entré.

Nous nous sommes levés pour l'accueillir ; Arthur s'est présenté avec beaucoup de naturel, j'ai eu une phrase malencontreuse : « On ne t'attendait que mardi prochain. — Tu veux que je reparte ? » a demandé Francis. Il a désigné les victuailles encombrant la table basse — Camille adore les dîners-TV, lui, ne les supporte pas : « Quand le chat n'est pas là... »

Je ne savais que dire, que faire, j'ai voulu éteindre le téléviseur, il a arrêté mon geste.

« Mais non, ne vous gênez pas pour moi, continuez », a-t-il raillé. Et il a quitté le salon.

Nous nous sommes regardés tous les trois en silence : la fête était finie. « Je raccompagne Arthur et je reviens, a décidé Camille, ça ne t'ennuie pas maman ? Je serai là très vite. » Je les ai vus partir avec soulagement, leur part de tarte dans la main.

Après avoir remis de l'ordre au salon, j'ai rejoint Francis dans sa chambre.

Le visage fermé, il défaisait sa valise. Je m'en voulais : n'importe quelle femme, voyant rentrer son mari plus tôt que prévu, aurait couru dans ses bras, manifesté de la joie, je n'avais eu que cette phrase idiote. Je me suis efforcée de lui sourire.

« Tout s'est bien passé ? Veux-tu que nous dînions ensemble, nous avions à peine commencé. »

Il m'a regardée d'un air ironique, devinant mon effort : « Pour moi, c'est fait : champagne et caviar dans l'avion. Vois ce que tu as manqué ! »

Ainsi, il m'en voulait toujours de ne pas l'avoir accompagné.

« Qui est cet Arthur ?

— Un ami de Camille.

— Est-ce qu'ils baisent ? »

Il avait employé exprès le mot qui réduit l'amour à la copulation. Pour salir ce qui arrivait à ma fille ? Me punir ? J'étais venue vers lui décidée à racheter mon maladroit accueil ; une porte s'est refermée en moi. A quoi bon ?

« J'ignore ce qu'ils font mais je suis heureuse que Camille ait amené Arthur à la maison : c'est une preuve de confiance.

— Et ça va arranger ses bulletins scolaires ! »

J'ai pris dans la valise l'un de ses costumes pour le suspendre, il me l'a arraché des mains :

« Laisse, je n'ai pas besoin de toi.

— Alors je te souhaite une bonne nuit. »

Je me suis dirigée vers la porte. J'allais sortir lorsqu'il m'a lancé : « Demain, nous aurons une explication. » Cela sonnait comme une menace. « Je reviendrai, on causera... » avait dit le père de Morgane. Du même ton.

J'ai répondu : « D'accord », et je l'ai laissé.

Il est trois heures du matin, cette heure, vous savez, où comme une sonnerie intérieure réveille les angoissés. Je vous écris de ma chambre. Jean, ce soir il m'est arrivé quelque chose : en face de Francis, je n'avais plus peur. Je n'éprouvais qu'une grande fatigue, un « ras le bol complet », dirait Camille, l'envie de crier : « Assez ! »

On dirait que ces trois semaines loin de mon mari, ces jours si pleins, riches d'événements, harmonieux, m'ont entraînée sur une autre rive. Tandis qu'il me parlait, je voyais Francis comme de loin, sa voix ne m'atteignait plus de la même façon. Cela ne m'était encore jamais arrivé. Est-il possible de changer si vite ? Cela va-t-il durer ?

Et savez-vous ce que j'ai répondu à Camille lorsque, avant de partir avec Arthur, elle est venue me murmurer à l'oreille : « Pauvre maman, qu'est-ce qu'on était bien sans lui. » Je lui ai dit en serrant les dents, en me le promettant à moi-même : « On recommencera. »

Nous recommencerons à être bien ensemble, à respirer largement. Sans lui.

Jean, continuez à m'écrire ici, j'ai décidé de ne plus me cacher.

Béatrice

Paris, dimanche 5 mars

Ça y est, nous avons parlé ! Ou plutôt, Francis a parlé car il m'a demandé de ne pas lui répondre tout de suite.

Il était très calme et n'a pas cherché, comme si souvent, à me piéger. Le marché qu'il me propose est net : ou je renonce à vous écrire, je « casse » avec vous (le mot est de lui), et la vie reprend comme avant, je continue à travailler pour l'Association, plus question de mettre Camille en pension. Ou je refuse... et il s'en va.

« C'est lui ou moi », a-t-il déclaré.

Notre correspondance était donc bien la cause de tout. En menaçant mon travail, Camille, il tentait de me reprendre en main. La tentative ayant échoué, il met cartes sur table : « Tu romps ou je te quitte. »

Il parlait comme un mari trompé et je ne trouvais rien à lui répondre, je ne songeais ni à protester ni à me défendre. Jean, Francis a raison !

Il y a bien un autre homme dans ma vie. M'éveillant chaque matin, c'est vers lui que vont mes premières pensées, toute la journée il m'accompagne, je pense à lui en m'endormant et lui en ai révélé davantage en quelques semaines qu'à mon mari en dix-huit ans.

« C'est grave », m'avait averti maman. Oui, c'est grave : je suis bel et bien infidèle à Francis.

Et comme hier, tandis qu'il me parlait, me lançait les reproches habituels dont certains sont mérités, je constatais que ses mots ne m'atteignaient plus. Je lui découvrais un autre visage, toujours beau certainement, toujours séduisant mais, comment dire ? éteint, sans cette lumière de l'amour ou de la tendresse qui transforme tout et peut même rendre belle la colère.

Ce n'est pas fini, Jean, voici que montait en moi un sentiment si nouveau, incongru, que je n'osais et n'ose encore y croire : la pitié. Puis-je éprouver, moi, de la pitié pour celui qui depuis dix-huit ans ne cesse, par son attitude, de m'en manifester ?

Et je me demande... Si je plains Francis, n'est-ce pas qu'il a perdu son pouvoir sur moi ? Me rabaisser, m'humilier, étaient sa façon de se sentir fort ; du moment que je n'en souffre plus, sa force se lézarde, ses mots sonnent dans le vide et reviennent le frapper.

Et sans doute l'a-t-il lu dans mes yeux secs, dans mon silence, car il est sorti en claquant la porte.

J'ai quelques jours pour prendre ma décision : cesser ou non de vous écrire. Si c'est non, je sais où Francis ira : il a depuis un an une maîtresse qui semble compter pour lui plus que les précédentes. Il en a eu beaucoup et ne me l'a jamais caché. Comment le lui aurais-je reproché ? Je plaide ici coupable : ce que j'ai vécu avant mon mariage m'a empêchée d'être pour lui une véritable épouse.

Quatre heures viennent de sonner à l'église voisine. C'est dimanche, le boulevard est calme, on entend claquer les talons d'une femme sur le trottoir. Je vais descendre et poster mes deux lettres : celle de cette nuit, celle d'à présent. Entre les deux, quelques heures seulement, et tant de bouleversements ! J'ai l'impression de ne plus tenir ma vie, elle m'échappe, elle s'emballe.

Savez-vous le moment que j'aime ? Je glisse l'enveloppement lilas dans la fente de la boîte à lettres, je la tiens le plus longtemps possible, puis j'ouvre les doigts et alors elle s'envole, elle file comme un pigeon voyageur vers votre main qui se tend. Ah ! lisez-moi vite, répondez-moi vite !

Voisin, mon marronnier, bourgeonne. Lorsqu'il sera en feuilles, Morgane et moi aurons fait un choix décisif. Lorsque le vent éparpillera ses fleurs, vous aurai-je enfin rencontré ?

Jean, aidez-moi, voulez-vous ?

Béatrice

La Jouée, le 9 mars

Béatrice, ma Béatrice, vous rendez-vous compte de ce que vous me demandez ? Vous aider à rompre avec votre mari ! Et à vous entendre, notre échange serait la cause de cette rupture. Quelle responsabilité vous me donnez. Je n'ai cherché qu'à vous aider à prendre confiance, voir plus clair en vous ; mais que cela vous amène à quitter Francis, jamais je ne l'ai voulu.

Attention, Béatrice, réfléchissez ! Vous remarquez vous-même que votre vie s'emballe et vous échappe. Ne vous laissez pas entraîner trop loin, ne prenez pas une décision que vous regretteriez demain.

Avez-vous pensé à la façon dont vous vivrez si Francis s'en va ? Une enfance dorée, une vie de femme plus qu'aisée ne vous ont pas préparée à affronter les difficultés matérielles. Savez-vous ce qu'est la hantise de la fin du mois, la douleur de quitter sa maison, la peur de la lettre recommandée ? Tout cela, que j'ai vu vivre autour de moi, le supporteriez-vous ?

Et qu'allez-vous imaginer... Vous, infidèle ? Mais alors, qui ne le serait ! Celle-ci qui, s'endormant près de son mari, revoit l'ami d'enfance rencontré dans la journée et se dit que peut-être, avec lui... Celui-là qu'une autre femme que la sienne a su écouter, flatter, et qui pense qu'avec elle, qui sait... Et je ne parle pas de ces visages admirés sur les écrans, qui flottent dans les désirs de l'un ou de l'autre. Nous aspirons tous à être mieux compris et aimés, nous avons tous besoin d'images nouvelles, de rêve, ce n'est pas pour autant que nous sommes infidèles.

« L'homme courageux est celui dont la peur trempe la chemise, mais qui y va quand même », disait mon père. La fidélité n'est pas l'absence de désir mais le refus de le concrétiser.

Et qu'avez-vous vécu avant votre mariage qui pèse tant sur vos relations avec Francis ? qui vous fasse ainsi « plaider coupable » ? Dites-le-moi, je vous le demande. Puisqu'enfin il ne vous impressionne plus, ne pourriez-vous avoir ensemble une vraie conversation ? Il sait bien que ce n'est pas notre correspondance qui vous a éloignée de lui, que le mal était plus ancien, n'est-ce pas ? Un mode de vie où chacun accepterait l'autre et respecterait sa liberté n'est-il pas envisageable ?

Je relis votre lettre : « Lorsque Voisin sera en fleurs, vous aurai-je enfin rencontré ? » Vous me torturez, tu me tortures, Béatrice. J'ai si peu à t'offrir. Tu n'as donc pas compris ? Je suis l'ours, le vieux garçon, le solitaire, condamné à la solitude, « condamné », entends-tu ? Ne romps pas dans l'espoir de me voir, cet espoir resterait vain.

Lorsque les fleurs de Voisin voleront, cette saison et les autres, et toutes les autres ; même si le pigeon voyageur ne se pose plus chez moi, sachez que mes pensées, inlassablement, reviendront vers vous.

Jean

Genève, le 9 mars

Béatrice, ma petite fille,

Ton coup de téléphone ! « Coup », c'est bien le mot, je suis encore sous le choc. Était-ce bien toi qui me parlais ainsi ? De cette voix sans appel ? « Tais-toi maman, laisse-moi, cette fois c'est moi qui décide. » Et ensuite ces paroles qui me semblaient surgir du passé : « Jamais je ne renoncerai à "lui", nous nous comprenons si bien, j'ai l'impression de le connaître depuis toujours. »

N'as-tu donc pas changé ? Ce que tu as vécu ne t'a-t-il rien appris ? Le rêve toujours, l'impossible, l'irréalisable rêve qui mène au bord du gouffre.

Sais-tu ce que j'ai failli faire ? Prendre le premier avion pour Paris. Mes amis Hubert m'en ont dissuadée. Ma santé est mauvaise en ce moment, je suis sujette à de la tachycardie, des crises qui me laissent sans force.

Je te le demande, lis au moins cette lettre jusqu'au bout. Il est de mon devoir de te l'écrire, c'est le tien d'écouter ta mère.

Pour un inconnu, quelqu'un dont tu ne sais que ce qu'il a bien voulu te raconter, pour un mirage, te voilà sur le point de quitter un mari auquel tu n'as à reprocher que de ne l'avoir point aimé, un homme qui durant dix-huit ans, bon an, mal an, vous a fait, à ta fille et à toi, la vie douce, facile, et envers qui tu as, en raison du passé, plus de devoirs qu'une autre. J'aurais préféré ne pas avoir à te le rappeler : tu as une dette, ma fille !

« Côté financier, je me débrouillerai », affirmes-tu. Et comment, veux-tu me l'expliquer ? Comment se « débrouille-t-on » avec un compte en banque vide et aucun métier dans les mains ? Qui paiera le loyer de votre appartement lorsque Francis l'aura quitté ? Qui pourvoira aux études de Camille et remplira le réfrigérateur ? Tu n'as à toi que ta *Ritournelle* qui tombe en ruines et où il n'y a même pas une salle de bains digne de ce nom.

Je ne parle pas de moi... Sans doute as-tu oublié que Francis possède pour moitié la maison que j'habite à Genève, et qu'il est assez généreux pour ne pas me réclamer un loyer que je serais bien en peine de payer.

Ma petite fille, je t'en supplie, reprends-toi. S'il n'est pas trop tard, cours dire à ton mari que tu lui reviens, écris à cet homme sans scrupules qui, après t'avoir poussée à la rupture, cherche à te brouiller avec ta mère, que c'est fini en ce qui le concerne, et rassure-moi au plus vite.

Maman

Paris, le 13 mars

Jean, vous parlez comme maman ! Confort, situation, gros sous. Vous me demandez : « Comment vivrez-vous sans Francis ? » Vous ne posez pas la vraie question : « Comment vivrai-je si je cède à son chantage ? » La faim du cœur, qui, elle, commence dès le premier du mois, y avez-vous seulement pensé ?

J'attendais votre aide, vous vous dérobez. Vous avez peur d'être dérangé dans votre petite vie, vos habitudes de vieux garçon, peur que je piétine la pelouse, fasse envoler les oiseaux, trouble votre tête-à-tête avec le confortable fantôme auquel vous avez donné votre cœur pour n'avoir plus à le risquer ailleurs.

Où sont vos belles, vos tendres paroles ? N'étaient-elles qu'un peu d'encre sur du papier ? Les cloches ne sonnent plus dans la neige, vos mots les ont fait taire : « Halte-là, Béatrice, pas plus loin : rêve, souvenir, danger... »

Vous devriez vous réjouir pourtant, vous qui vouliez m'aider à y voir clair. C'est chose faite ! Je vois très clairement que je ne peux plus continuer avec Francis. « Un mode de vie où chacun accepterait l'autre et respecterait sa liberté », dites-vous. Je réponds par vos propres mots : « Il est certains êtres qui ne peuvent vivre qu'en entraînant les autres dans leur nuit. »

Qu'ai-je vécu avant mon mariage ? Puisque vous insistez pour le savoir, eh bien, écoutez Jean, écoutez !

La fille d'un consul de France, on pourrait dire la « petite » fille malgré ses vingt ans. Enfance dorée, en effet, enfance protégée, catholique pratiquante se gardant pure pour son futur époux. Elle vient de le trouver, justement : c'est le brillant fils d'un ambassadeur ; le mariage est prévu en janvier, huit cents invités, tout le tralala. La mère est au paradis. La fille ? Elle ne sait pas très bien : plutôt fière de ce qui lui arrive, plutôt heureuse. Est-ce vraiment l'amour qu'elle éprouve ? Pourquoi pas ? Tout le monde le lui dit.

En octobre, elle se rend à Paris avec sa mère faire la tournée des couturiers, commander robe de mariée et trousseau. De nombreux essayages sont nécessaires et la mère repart pour Ottawa où l'attendent les préparatifs de la noce, laissant la fille chez une parente. Elle rentrera au Canada pour Noël.

J'ai rencontré Jean-Charles Le Meillant chez des amis, le jour du premier essayage de la robe de mariée. Il avait huit ans de plus que moi et terminait ses études de chirurgie. Nous nous sommes reconnus dès le premier regard ; cela a été, comment dire ? paisible. Aucun des grands éclairs, des roulements de tonnerre de ce que l'on appelle le coup de foudre. Une évidence intensément partagée : il était pour moi, j'étais pour lui. Je pouvais enfin, sans hésiter, nommer l'amour.

Nous nous sommes très vite donnés l'un à l'autre et ce fut un bonheur réciproque. Nous ne nous quittions plus : tant à nous dire, tant d'années perdues à rattraper. Moi la silencieuse, la « renfermée », disait maman, je devenais intarissable avec lui. J'arrête car, l'évoquant, je le redeviendrais.

Et Francis ?

Depuis l'enfance, j'entendais raconter l'histoire d'une sœur de mon père qui, au matin de ses noces, était venue en larmes réveiller sa mère pour lui annoncer qu'elle ne se mariait plus. Cette histoire m'enchantait et la conclusion de papa : « Elle a bien fait. Quelques heures difficiles à passer sont peu de chose en regard d'une vie gâchée. »

J'ai appelé papa à Ottawa et je lui ai tout raconté ; c'est Jean-Charles que je voulais épouser. Je l'ai chargé d'avertir maman. Il n'a pas dit grand-chose, le pauvre : il devait être bien embêté ! Deux jours plus tard, ma mère débarquait à Paris. Hélas, j'y étais seule !

Jean-Charles venait de partir pour la province, appelé auprès de son père, souffrant. Noël était proche, nous nous étions promis de le passer ensemble. Il devait me rapporter des « sanciaux », ces beignets de chez lui.

Maman m'a expliqué que l'on ne rompait pas des fiançailles au téléphone, c'était lâche. Je devais rentrer avec elle au Québec et m'expliquer de vive voix avec Francis. J'ai résisté. Elle a pleuré, supplié et promis de ne pas m'obliger à l'épouser. Tout ce qu'elle me demandait était de passer trois jours là-bas. Je serais de retour pour Noël.

J'ai accepté le billet d'avion. J'ignorais que ma mère avait fait expédier, en colis spécial, ma robe de mariée.

Le mariage a eu lieu en grande pompe à la date convenue. Je ne connaissais de Francis que la séduisante apparence, j'ai très vite découvert un homme possessif, qui aimait à dominer en humiliant. Je n'ai pas été une bonne épouse, simplement une épouse appliquée. Camille a été mon seul bonheur.

Jusqu'au jour de septembre où j'ai reçu votre première lettre.

Béatrice

Paris, le 13 mars

Maman, pardon de t'avoir blessée, pardon ; ce n'est pas facile pour moi en ce moment. Tu sais, on peut à la fois savoir ce que l'on veut et avoir peur. Je me souviens d'un film que nous étions allées voir avec papa, j'ai oublié le titre : un homme sort de prison, il n'a rêvé qu'à ce jour depuis des années, on s'attend à le voir courir, crier de bonheur. Il trébuche, met la main devant ses yeux car la lumière le blesse et durant un instant, on a l'impression qu'il va faire demi-tour. « La liberté, il faut aussi s'y habituer, avait remarqué papa. Au début, cela peut être douloureux. »

J'ai été brève au téléphone de peur que tu n'entames ma force. Je craignais que tu n'évoques le passé ; tu le fais dans ta lettre. Pourtant ne nous étions-nous pas promis de ne plus jamais en parler ?

Rassure-toi, je n'ai oublié ni mon serment ni ma dette envers Francis, mais pour celle-ci, il me semble avoir assez payé. « Bon an-mal an », dis-tu ? Mal an, maman, mal an, tu le sais bien. « Mal an » répété dix-huit fois, dix-huit sombres Noëls. Et cette vie douce, facile, dont tu parles, ne l'a été que sur le plan matériel. Les exigences de Francis, ses constantes récriminations, ses froncements de sourcils dès que j'ouvrais la bouche, son sourire ironique à ma moindre initiative, sa façon de me rabaisser devant Camille ou ses amis, était-ce doux, cela ? Était-ce généreux ? Pour la raison que tu connais, j'ai tout supporté. « Tu t'habitueras », m'avais-tu dit. Maman, s'habituer humiliée, méprisée, c'est perdre sa dignité.

Je me suis parfois demandé si Francis aurait été différent avec une autre épouse. Je ne le crois pas. Mais nous lui avons fait un cadeau empoisonné : c'est une femme éperdument amoureuse d'un autre, sortant des bras de cet autre qu'il a eue dans son lit la nuit du mariage et toutes les autres nuits et tous les autres jours. Une femme qui ne pouvait supporter sans dégoût ses caresses parce qu'elle brûlait encore de celles de l'homme qu'elle avait perdu.

Est-ce ce dégoût, ce refus de tout mon être, qui m'a rendue incapable de donner à Francis le fils qu'il souhaitait tant ? Il m'est arrivé de me le demander aussi.

Celui avec qui je correspond s'appelle Jean Villeneuve. Il est psychiatre. Mes lettres suffisent à son bonheur tranquille de vieux garçon. Il ne souhaite pas me rencontrer et jamais il ne m'a poussée à rompre avec Francis. Cela dit, c'est exact : si par le plus grand des hasards il n'était pas entré dans ma vie, j'aurais sans doute continué ma route de morte-vivante. C'est grâce à lui que j'ai ouvert les yeux et compris que je ne pouvais continuer ainsi, encore combien de temps, maman ? Dix, vingt, trente ans ?

Écoute, à toi seule je peux le confier : il m'est arrivé de rêver... que l'avion qui emmenait Francis en voyage ne revenait pas... que la voiture qui le transportait... Est-ce honnête de rester avec un homme dont on souhaite la disparition ? Si on en est là, il vaut mieux se séparer, tu ne crois pas ?

C'est fait ! Francis ne vit plus à la maison. Il s'est installé chez une jeune femme qui lui convient mieux que moi ; elle est à sa dévotion et ils s'entendent — il ne me l'a pas caché — admirablement « sur tous les plans ».

Le point de vue matériel maintenant. N'aie aucune crainte : rien ne changera pour toi. Quoi qu'il advienne, tu pourras rester dans ta maison et jamais Francis ne te demandera de loyer. Il me l'a promis. Francis ignore le mot « mesquinerie », tu vois, je lui rends cette justice. Avec une exception : ma pauvre *Ritournelle* dont il a toujours refusé de réparer le toit parce que c'était « mon » toit et la maison où je respirais bien.

Personnellement, je peux habiter l'appartement jusqu'en juillet : le terme est payé. Après ? Après je crois que Francis espère que la « leçon » aura porté ses fruits et que je lui reviendrai.

Je ne lui reviendrai pas. Tu me demandes de quoi je vivrai ? J'ai mon idée ; beaucoup de personnes, à Paris, cherchent une sorte de dame de compagnie pour s'occuper de leurs parents âgés. On est logée, nourrie, correctement payée. Ce n'est pas folichon bien sûr, mais si mon Association n'a pas les moyens de m'employer et me rétribuer à plein temps, c'est ce que je ferai. Pour Camille, je t'expliquerai dans une autre lettre. Apprends qu'elle est de mon côté.

Maman, as-tu envie d'avoir une fille heureuse ? Quand j'entends rire Camille, quand je l'entends chanter, ma poitrine se gonfle de bonheur et jamais elle n'a autant ri et chanté que depuis que Francis est parti. Parfois, elle me dit : « Pardon, maman, mais je ne peux pas m'empêcher... »

Pardon maman, malgré la peine que je te fais, je ne peux pas m'empêcher d'être moins malheureuse.

Béatrice

La Jouée, le 16 mars

Béatrice, je suis bouleversé ! Cette histoire que vous me racontez, votre histoire... Voulez-vous dire que si ce jeune chirurgien avait été à vos côtés lorsque votre mère est venue vous chercher, vous ne l'auriez pas suivie ? Aujourd'hui vous seriez sa femme et non celle de Francis ?

Mais pourquoi ne pas avoir appelé à l'aide celui que vous assurez avoir tant aimé ? Pourquoi ne pas l'avoir averti de votre départ pour le Canada ? Et comment se fait-il que, décidée à n'y rester que trois jours, vous soyez finalement demeurée là-bas ?

Lorsqu'on aime, on se bat, on ne se laisse pas marier contre son gré. Et Francis lui-même, tel que vous me l'avez décrit, était-il homme à épouser celle qui lui en préférait un autre ? Je ne comprends pas, Béatrice. Il me semble que vous ne me dites pas tout.

Non, je ne fuis pas, je ne crains pas pour ma tranquillité et si mes mots n'avaient été qu'un peu d'encre sur du papier, croyez-vous qu'ils vous auraient touchée ? Mais j'ai besoin de réfléchir. C'est à mon tour de n'y voir plus clair. Même la nature qui, si souvent, a su m'apaiser, s'en mêle. Je regarde mon jardin, mes mousquetaires bousculés par le vent, ils conspirent, ils complotent, et je ne suis même plus fichu de les entendre : trop de boucan en moi-même, de questions.

Laissez-moi un peu de temps, parlez-moi encore de celui que vous avez aimé. Avez-vous cherché à savoir ce qu'il était devenu ? Vous parlez de votre souffrance. La sienne, y avez-vous songé ?

Jean

Paris, le 18 mars

A quoi donc devez-vous réfléchir ? Aux risques que vous prendriez en continuant à m'écrire ? Soyez tranquille, Jean, écoutez vos mousquetaires ; ils vous disent que vous n'avez rien à craindre de moi, je ne vous demanderai rien de plus que ce que vous m'avez donné jusqu'ici.

Vous voulez que je vous parle encore de Jean-Charles ? J'ai pourtant l'impression de vous faire mal en l'évoquant, tout comme vous me blessez lorsque vous parlez de celle qui tient tant de place dans votre cœur. La jalousie que vous pouvez éprouver, je la connais.

Bien sûr que si, Jean, j'ai essayé de le joindre ! Il m'avait laissé le numéro de téléphone de ses parents. J'ai appelé une, dix, vingt fois : en vain. Personne ne répondait. « Partons tout de suite », suppliait maman, « ainsi tu seras de retour plus vite ». Sur son conseil, j'ai écrit une lettre à Jean-Charles où je lui expliquais la situation et lui promettais d'être à ses côtés pour Noël. Nous avons pris cet avion.

Jean-Charles ne m'a jamais répondu. Du Canada, à plusieurs reprises, j'ai à nouveau appelé chez ses parents, c'était toujours le silence. Dans la neige qui recouvrait le Québec, j'avais l'impression d'une page redevenue blanche, d'un rêve effacé.

Je suis tombée malade. Maman ne quittait pas mon chevet. Je me revois, tournée vers la porte de ma chambre, ne la quittant pas des yeux, attendant le signe, l'appel de Jean-Charles. S'il était venu, aucune fièvre n'aurait pu m'empêcher de courir à lui, mais rien, désespérément rien.

M'en a-t-il voulu d'avoir suivi ma mère ? Ne m'a-t-il pas crue lorsque je lui promettais de passer Noël avec lui ? Ou n'avions-nous vécu, comme, par la suite, maman devait me le répéter, qu'un rêve auquel il avait mis fin. Le pire est d'être restée dans cette incertitude.

Pour une raison dont je n'ai pas le droit de parler, je n'ai rien dit de Jean-Charles à Francis et, lorsqu'après deux années passées au Québec nous nous sommes installés à Paris, je n'ai pas cherché à en avoir des nouvelles. J'étais mariée, Camille était née.

En savez-vous assez, cette fois ? Pouvons-nous enfin cesser de nous torturer en évoquant le passé ?

Depuis huit jours, Francis est installé chez sa maîtresse. Il doit, lui aussi, se sentir mieux à présent : nous étions, les derniers temps, comme deux étrangers.

C'est fini, Jean ! Quand bien même vous décideriez de ne plus m'écrire, je ne reviendrais pas sur ma décision. Je ne vivrai plus avec lui. C'est étrange, vous savez, il me semble prendre une revanche sur le passé, comme si, cette fois, j'avais refusé le billet d'avion pour le Québec. Mais je me sens si triste, j'ai si peur de vous perdre.

Ne me laissez pas, Jean, je vous en supplie. Votre voix est devenue pour moi comme l'eau, comme le pain ; elle est l'air que je respire et cet air est si léger lorsque nous le partageons. A tout instant, c'est une manie, je me dis : « Je lui écrirai ceci... je lui raconterai cela... », et tout prend du relief, la solitude se dissipe, j'ai si longtemps été seule, il me semble que je n'aurais plus la force de recommencer.

Racontez-moi encore vos mousquetaires, le pommier unijambiste qui me fait rire même quand je pleure et tous ces oiseaux qui sillonnent votre ciel. Je prends ici l'engagement de ne plus jamais remettre le pacte en question, mais restez je vous en prie, votre maison est devenue la mienne, j'aime tant regarder avec vous les assiettes du souvenir dans le vaisselier et compter les draps dans l'armoire à linge comme on compte les jours de paix.

Échange *Ritournelle* au toit branlant contre maison costaud de maître faïencier. Échange coquillages nacrés contre champignons-clowns et plage contre forêt ; le vent y a de mêmes accents pour raconter l'espoir et le désespoir et dire qu'un seul être...

Lorsque vous sortirez les meubles de jardin, voulez-vous prévoir un fauteuil pour moi ? Je viendrai sans bruit m'y asseoir, je ne vous gênerai pas. Vous m'avez, tant pis pour les grands mots, donné la vie, ne me la retirez pas.

Béatrice

Paris, le 29 mars

Cher Jean,

Morgane a appelé hier. Elle pleurait au téléphone : « Il faut que je le voie... Je veux pouvoir leur dire que je le jette pas aux chiottes sans l'avoir regardé, comme papa faisait pour les petits chats et que moi je voulais l'empêcher. »

Nous sommes donc allées à la pouponnière voir le petit Jean et, durant le trajet, elle m'a raconté ce qui était arrivé.

Dimanche dernier, ses parents l'avaient invitée au restaurant, elle toute seule. Alors qu'ils lui demandaient des nouvelles du bébé, elle était restée muette ; elle ne l'avait pas revu depuis sa naissance, vous vous souvenez, quand elle lui avait dit : « Salut. » Et soudain, sous le regard de ses parents, elle s'était sentie « moins que rien ».

« Si tu veux, je m'en occuperai, je te l'élèverai », avait proposé la mère.

Le bâtiment était situé aux portes de Paris. Dès la

cour, on entendait des cris d'enfants, comme un appel à la vie. Morgane avait laissé à l'hôpital un pitoyable « bébé-araignée », on lui a apporté un vigoureux petit garçon au crâne couvert de duvet blond, aux yeux largement ouverts. Elle l'a regardé d'un air incrédule.

« C'est celui-là, vous êtes sûre ? »

J'étais déjà venue plusieurs fois voir le petit Jean : « Je te promets que c'est le bon ! »

Elle a tendu les mains : « Je peux l'avoir ? »

La puéricultrice lui a donné le bébé. Morgane l'a pris contre elle ; elle n'osait bouger et se tenait raide, comme intimidée.

« Est-ce qu'il me reconnaît ?

— Il a appris certaines choses de toi quand tu le portais », a répondu la puéricultrice, une femme aux gestes doux, enveloppants, comme des nids.

Morgane a toussé — elle fume déjà beaucoup —, le petit Jean a tourné vers elle ses yeux dont on ne peut savoir encore la couleur.

« Tu vois, il a reconnu ta toux par exemple », a repris la femme. Ce n'est pas la première fois qu'il l'entend ; et ta voix c'est pareil. »

Alors Morgane m'a fixée comme si elle me demandait la permission ; je lui ai souri, elle a approché les lèvres de son bébé et, délicatement, a embrassé sa joue.

Les nuages s'étaient dissipés lorsque nous nous sommes retrouvées dans la rue. Il montait du trottoir chauffé par le soleil des odeurs d'autrefois, celles qui m'annonçaient que le printemps était là : je sortais de la maison et, brusquement, ses promesses me gonflaient le cœur, je mettais un genou à terre et roulais mes chaussettes avec un goût de défendu pour sentir sa caresse sur ma peau nue. Depuis ce temps-là, c'est toujours l'odeur du macadam qui m'annonce la fin de l'hiver.

Morgane a levé le nez : « Est-ce qu'on peut marcher un peu ? Je n'ai pas envie de rentrer tout de suite. »

Nous avons fait quelques pas en silence. J'attendais qu'elle parle en premier. Ce baiser qu'elle avait donné à son fils, que disait-il ? « Bonjour » ? « Au revoir » ? Durant six semaines encore, elle peut changer d'avis et décider de reprendre son enfant, me demander de déchirer le papier qu'elle a signé à l'hôpital. Soudain, j'ai eu très soif, une soif profonde.

« On boit quelque chose ? »

Nous nous sommes installées à la terrasse d'un café. Si elle déclarait : « Finalement, je le garde », je répondrais : « Voyons comment tu vas pouvoir t'organiser. »

Une femme est passée, poussant une voiture d'enfant. Il m'a semblé que le ciel était contre moi. Morgane l'a suivie des yeux.

« Ça fait drôle, quand même... Ça fait drôle de penser qu'il m'a reconnue quand j'ai toussé. »

Elle a aspiré un peu de sa boisson gazeuse : « Quand il sera chez ses autres parents, vous me donnerez des nouvelles ? »

Le soulagement a déferlé dans ma poitrine, douloureux. Je me suis efforcée de ne pas le montrer.

« Aussi souvent que tu voudras, ma chérie.

— Et est-ce que je pourrai lui écrire une lettre pour quand il sera grand ? Une lettre où je lui expliquerai ?

— Tu ne seras pas la première à le faire ! Nous la lui remettrons à sa majorité. Et tu sais qu'à ce moment-là, s'il demande à te voir et que tout le monde est d'accord, nous pourrons lui donner ton adresse.

— Quinze plus dix-huit, ça fait trente-trois, je serai vieille », a-t-elle remarqué avec une grimace.

Elle a bu à nouveau, puis elle m'a souri ! « Vous voudrez bien corriger mes fautes d'orthographe ? »

Ah ! la tendresse...

J'ai pensé que ces nouvelles de votre « filleul » vous intéresseraient. Des nouvelles de vous, Jean, je n'en ai plus depuis ma dernière lettre. Si c'était fini, vous me l'auriez dit, n'est-ce pas ?

Pâques tout de suite ! Lorsque Camille était petite, nous cachions pour elle des œufs en chocolat dans l'appartement. Fille unique, d'une mère, elle aussi, fille unique, les rares cousins et cousines du côté de Francis vivant à l'étranger, elle était seule à les chercher. Elle me disait : « Fais semblant de chercher aussi, maman. Fais semblant de trouver et moi je ferai semblant d'être furieuse. » Un jour, elle avait eu une drôle de phrase : « En face de l'ogre, le Petit Poucet n'était pas seul, lui, il avait des frères et des sœurs, pourquoi j'ai personne, moi ? »

L'ogre... J'avais découvert ce jour-là qu'elle avait donné ce nom à Francis.

Elle est partie hier en vacances avec Arthur, à bord de Rossinante, une vieille deux-chevaux. Alors que je leur préparais des sandwichs, elle m'a soumise à un véritable interrogatoire. Sur moi — je ne suis pas très en forme en ce moment. Sur vous aussi. Je lui ai avoué que je craignais de vous perdre.

Je m'attendais à une explosion mais rien n'est venu, pas même l'une de ces grosses plaisanteries sous lesquelles elle cache volontiers son émotion. Peut-être en a-t-elle « ras le bol » des histoires de mère !

Où sont-ils allés ? « Vers le soleil », c'est tout ce que j'ai pu en tirer. Si le temps s'y prête, j'irai, moi, vers la pluie puisqu'il pleut en Normandie et que certaines aiment ça.

Et vous ?

Béatrice

AVRIL

« Caprice d'avril fait tomber les fleurs
et trembler le laboureur. »

Dicton.

1er avril

P'tite m'man

Pouce ! C'est pas un poisson d'avril même si c'est le jour, j'ai quelque chose à te dire, j'ai essayé hier soir, au téléphone, impossible, le blocage complet, on doit se ressembler quelque part ; ça passe mieux par écrit. Prépare-toi à un choc, m'man ! Tu es prête ?

Je l'ai vu. J'ai vu ton ours.

On se calme, on respire à fond, on ne maudit pas sa fille unique. Ce n'est pas d'hier, figure-toi, que j'avais envie de faire un tour du côté de monsieur mystère. Ce que tu m'as raconté l'autre jour m'a décidée : même séparée de papa, il refusait de te voir, il avait ses raisons... hum ! Arthur était d'accord et c'est par *La Jouée* qu'on a commencé le voyage.

J'avais la trouille, je peux te le dire maintenant. Et si ces fameuses raisons étaient une gentille petite femme et une tripotée de mômes ? S'il n'était qu'un de ces salauds qui s'offrent des extras pas compromettants ? Eh bien non, je te rassure tout de suite : apparemment, monsieur est célibataire. Mais les raisons, la raison, je l'ai trouvée. Il y a bien quelque chose, m'man !

On est arrivés en vue de sa maison vers trois heures de l'après-midi. Arthur avait arrêté Rossinante un peu plus loin et on jouait aux amoureux qui flânent le long de la rivière, parce qu'il y a une rivière, le Cher, je crois. Rudement jolie, la baraque, entre parenthèses : moitié vieille ferme, moitié manoir, un drôle de toit qui sourit avec ses bords retroussés, des petits carreaux aux fenêtres, tout ce que tu aimerais mais je suppose que tu attends un autre genre de description.

Il était là, ton ours, prenant son café sur la pelouse, assis dans le bon sens pour qu'on puisse l'admirer sans que lui nous rende forcément la pareille. Un chouette visage — de ce côté-là, aucun problème — ni bec de lièvre, ni goître, ni eczéma géant, une bille toute jeune sous une tignasse toute blanche : un ours blanc, quoi ! D'après Arthur, quarante, quarante-cinq ans au max. Les yeux ? On n'était pas assez près pour voir la couleur et j'avais oublié les jumelles ; figure-toi que j'avais l'intention de me présenter : « Je suis Camille, à quoi vous jouez avec ma mère ? »

A un moment, le voilà qui renverse la tête pour regarder passer les oiseaux. Il faut te dire que là-haut c'est les grands boulevards, jamais vu autant de plumages, et les avertisseurs étant autorisés, on ne s'entend plus. Il reste comme ça cent ans, je me dis : « Il doit penser à ma mère, c'est le moment », j'empoigne Arthur, je m'approche de la barrière, je vais pour la pousser...

C'est à ce moment-là qu'une femme est sortie devant la maison. Pas de panique, au moins cinquante ans.

« Docteur, vous pouvez venir ?

— O.K. ! », a-t-il répondu.

Prépare-toi maman, c'est maintenant, c'est tout de

suite ! Ton Jean s'est penché pour attraper dans l'herbe quelque chose que j'avais pas remarqué : des béquilles. Il s'est levé, je ne sais pas encore comment et il a pris la petite allée en dur qui traverse sa pelouse et va vers la maison. Remarque que j'ai dit « il a pris », je n'ai pas dit « il a marché », parce que maman, tu vois, ça lui serait difficile ; apparemment, il reste juste assez de jus dans les pattes de l'ours pour qu'il avance à la vitesse d'un escargot et un ours-escargot, je te préviens, c'est pas précisément sexy à voir.

« Vous voulez votre fauteuil, docteur ? a demandé la femme, toujours en faction devant la maison.

— Ça va très bien, merci. »

... si bien qu'il a même fini par y arriver, figure-toi. La porte s'est refermée, je t'avouerai que je ne pensais plus à aller y sonner.

On est retournés à la voiture, Arthur et moi et, pendant au moins cinquante kilomètres, j'ai rien pu dire. J'avais pris le volant pour m'accrocher à quelque chose, je voyais trouble, je devais chialer. Ça ne m'empêchait pas de mener Rossinante à un train d'enfer parce que j'avais envie de foncer droit dans les moulins, de dire merde à la vie : dégueulasse, la vie. Trop injuste !

Arthur a été parfait : aucun commentaire. De toute façon, s'il avait parlé, ou je l'étranglais, ou je le vidais.

Ton prince charmant est infirme, maman, ton ours est cassé ! Tu ne crois pas qu'il aurait pu te prévenir ? Mais d'un autre côté, tu lui avais proposé le pacte et ça devait le faire planer d'avoir des jambes comme tout le monde dans la tête de sa belle, le pauvre ! Le salaud !

Je poste cette lettre, je lui laisse le temps d'arriver et je t'appelle. Dis-moi tout de suite, dès que tu entendras ma voix, si ça va où si tu veux qu'on rentre dare-dare. Du haut, il est vraiment chouette, je t'assure : bien baraqué, le style acteur américain, une voix terrible aussi, Arthur dit qu'on s'attend à l'entendre chanter : « *I am a lonesome cowboy* »...

Solitaire, on comprend pourquoi maintenant. On peut dire que tu as eu la main heureuse, m'man, bravo, bien visé. On t'aime quand même, on t'aime beaucoup.

Dulcinée

Paris, dimanche de Pâques

Jean, mon chéri, oui, « mon chéri », l'homme cher à mon cœur, je sais tout ! Dans sa route vers le soleil, Camille est passée par *La Jouée*, elle vous a vu sur la pelouse, elle vous a vu rentrer dans votre maison, elle m'a écrit, j'ai reçu sa lettre hier.

Ne lui en veuillez pas : elle ne cherchait qu'à m'aider. Elle avait l'intention de se présenter, vous parler de moi, de nous. Elle ne comprenait pas votre refus de me voir ; figurez-vous qu'elle avait peur que vous ne soyez marié et m'ayez menée en bateau. Et ne m'en veuillez pas à moi qui ignorais son projet.

Jean, pourquoi ne m'avoir rien dit ? Croyez-vous que je vous aurais moins aimé ? Je comprends tout à présent : cette maison-cabinet de travail à l'écart de la ville, d'où vous sembliez ne jamais sortir, l'obligeant facteur qui venait vous remettre le courrier en main propre... et tant de détails qui m'intriguaient, et ces phrases qui me blessaient : « J'ai si peu à vous donner... » « Je suis destiné à la solitude... » Oui, tout s'éclaire et sans doute aussi la raison pour laquelle cette femme dont j'étais jalouse, que je plains à présent, vous a délaissé.

Écoutez-moi, écoute-moi, mon chéri, nous avons

fait l'un vers l'autre le chemin à l'envers : au lieu de commencer par la surface, se laisser séduire par un physique, une couleur d'yeux ou de cheveux, ce dont un jour on peut se lasser, nous sommes allés droit à l'essentiel, la couleur du cœur, celle des pensées, ce qui dure.

J'aime celui qui a choisi d'écouter les autres au lieu de se refermer sur sa propre souffrance, l'ours qui, comme dans les contes, ouvre la porte de sa demeure aux petits enfants qui ont froid et peur. J'aime l'homme qui m'a aidée à me retrouver moi-même et m'a réappris le bonheur de vivre. J'aime lui, j'aime toi.

C'est dimanche de Pâques. Tout est léger. Pigeons volent, âmes volent et les cloches de Notre-Dame se marient à un petit carillon de campagne pour célébrer l'espoir et parler d'avenir.

Jean, c'était toujours toi qui posais les questions, toi qui consolais, soutenais, conseillais et tu me semblais parfois si solide que je craignais de n'être pas à la hauteur.

Nous allons enfin pouvoir parler de toi et me voilà qui pleure à l'idée de pouvoir te rendre un peu de ce que tu m'as donné.

Béatrice

La Jouée, le 8 avril

Sacrée Camille ! Formidable Camille ! Dis-lui que je lui en veux. Dis-lui merci. Et à toi, merci pour cette lettre si belle que je lis et relis depuis ce matin avec un même bonheur. Une même souffrance.

A ton tour d'écouter en effet, de comprendre et deviner, mon amour.

Mon infirmité n'est pas de naissance ; elle est due à un accident de voiture. Un mois de décembre rigoureux... une plaque de verglas sur la route, un arbre... L'ami qui conduisait a été tué sur le coup.

Ce n'est pas cette infirmité qui a éloigné de moi celle que j'aimais et aimerai toujours. J'avais, lorsque je l'ai connue, deux jambes en parfait état de fonctionnement. Elle est partie quelques jours avant que je les perde. Ne dit-on pas qu'un malheur n'arrive jamais seul ?

Dans ce malheur, j'ai eu la chance d'échapper à la totale paralysie. Je peux faire sans aide les gestes élémentaires de la vie, me débrouiller à peu près sans garde ou infirmière.

C'est en pensant à ceux que j'ai côtoyés à l'hôpital, qui ne quitteront plus jamais seuls le lit ou la chaise, que je me dénie le droit de me plaindre.

Bien sûr, Béatrice, j'aurais dû t'avertir tout de suite

que ton correspondant avait quelque peine à se déplacer. Mais j'aurais dû te dire tant d'autres choses encore... J'ignorais que nous irions si loin ensemble. Tu m'avais proposé ce pacte.

Et voici qu'une petite péronnelle est venue me débusquer dans ma retraite, elle me pousse au grand jour, à mon tour d'avoir peur, d'éprouver le « vertige de la balançoire » qui repart en arrière à toute volée au risque de me précipiter au sol, tout cassé aux pieds de ma belle. Béatrice, ma Béatrice, ne devines-tu pas ?

Pour Pâques, nous avons dégusté en famille le traditionnel pâté de viande suivi de la carpe au vin blanc et ma sœur avait préparé... les sanciaux. En fin de soirée, un peu partout dans la campagne, des feux ont été allumés, autour desquels garçons et filles ont formé des farandoles. A minuit, certains affirment avoir vu danser les loups-garous au son de la vielle.

Ici, c'est le pays des envoûtements, des jeteurs de sort, celui de George Sand et d'Alain-Fournier. J'ai vécu mon adolescence aux côtés du grand Meaulnes, je battais les bois avec lui à la recherche du merveilleux ; comme lui, j'ai cru le rencontrer. Rappelle-toi son histoire.

C'est le mois de décembre ; au cours d'une mystérieuse fête où se prépare un mariage, le grand Meaulnes rencontre une jeune fille et il sait tout de suite qu'elle sera sa femme, qu'elle est pour lui. La fête terminée — sans que la mariée soit venue —, elle lui promet : « Je vous attendrai. »

Elle ne l'attendra pas, il croira l'avoir perdue mais jamais ne pourra l'oublier.

Béatrice, et si ta lettre, Jean-Charles ne l'avait pas reçue.

Jean

Genève, 11 avril, 10 h 30

EN EXPRESS
A madame Francis d'Artigue

Chère madame,

Votre mère a été légèrement accidentée. Rien de grave mais votre présence est vivement souhaitée. Pouvez-vous nous appeler dès que possible ? Très amicalement.

Roland Hubert

Paris, le 11 avril

Jean, maman vient de se casser la cheville en tombant dans son escalier. Des amis à elle l'ont recueillie chez eux. Je prendrai dans quelques heures l'avion pour Genève.

Votre lettre, reçue ce matin, me plonge dans l'anxiété : tout s'éclairait, me semblait-il et voici que tout s'obscurcit à nouveau. Que dois-je deviner de si grave que vous n'osez me le dire ? Pour quelle raison avez-vous peur de vous montrer au grand jour ? Et cette photo que je vous ai plusieurs fois réclamée, pourquoi me l'avoir refusée ?

Ce qui me vient à l'esprit me semble si fou que je n'ose l'exprimer. La famille de Jean-Charles était de Bourges. Il m'avait parlé du grand Meaulnes dans les mêmes termes que vous, presque avec les mêmes mots... J'éprouve une terrible angoisse. Comment n'aurait-il pas eu ma lettre ? Je suis allée la déposer moi-même sur la table de la petite chambre de bonne qu'il louait à Paris. Je me souviens même avoir posé mes lèvres sur l'enveloppe.

Jean, qui êtes-vous ?

Béatrice

Genève, le 13 avril

Jean-Charles n'a jamais eu ma lettre : je l'ai retrouvée ce matin chez ma mère. Depuis l'étrange question que vous m'aviez posée, un doute affreux me lancinait. Profitant de ce que maman m'avait demandé d'aller chercher quelques affaires chez elle, j'ai fouillé sa maison. Elle est l'une de ces personnes qui ne peuvent rien jeter. Je n'ai pas eu à chercher longtemps : la lettre se trouvait dans le dossier « Québec » concernant mon mariage. L'enveloppe avait été ouverte.

Je la lui ai mise sous les yeux et l'ai sommée de s'expliquer. Elle a avoué avoir été la rechercher la veille de notre départ dans la chambre de Jean-Charles. La gardienne de l'immeuble en avait la clef. Maman sait se montrer très habile avec ceux qu'elle appelle les « petites gens » ; nul ne pourrait soupçonner cette belle dame de vilaines intentions. Elle m'a juré en pleurant avoir cru agir pour mon bien.

Pour mon bien ! Face à mon désespoir, me soignant pour cette fièvre dont nous étions seules à connaître la cause : l'absence, le silence de celui que j'aimais, comment a-t-elle pu se taire, garder cette lettre, persister dans le plan qu'elle avait formé de m'obliger à épouser Francis à la date prévue ?

Pire encore ! Comment a-t-elle pu me distiller, jour après jour, ce poison qui me tuait : « Je n'avais été pour Jean-Charles qu'une aventure, il sautait sur l'occasion d'y mettre fin. » Mais c'est une horreur, Jean, une horreur !

Je lui ai dit ce que je pensais d'elle, j'ai brisé l'écran de verre que, depuis l'enfance, je sentais entre nous et la belle image s'est brisée du même coup. J'accepte enfin de voir ma mère telle qu'elle est et que me le disait le regard parfois si triste de mon père : maman-l'étoile, notre étoile, a toujours été incapable de s'attacher à autre chose qu'à son propre éclat, elle n'a jamais aimé qu'elle-même et, tout comme elle sacrifiait son mari en exigeant de lui une vie mondaine au-dessus de ses forces, elle a sacrifié sa fille à son désir d'apparaître sur le parvis de l'église, triomphante, au bras d'un ambassadeur de France, se vengeant à travers ce brillant mariage d'une union qu'elle jugeait médiocre.

Je veux penser que papa n'a rien su de cette lettre volée. Il ne l'aurait pas toléré, non, certainement pas, mon père, lui, m'aimait ! Va-t-elle me gâcher maintenant le souvenir que je garde de lui ?

Je l'ai confiée à ses amis ; ils s'en occuperont bien. Ils sont, comme la plupart, fascinés par cette « grande dame » au cœur si petit. Je reprends ce soir l'avion pour Paris.

Une image ne me laisse plus de repos : Jean-Charles rentrant de son voyage, ne trouvant pas ma lettre, ne me trouvant plus.

Mais pourquoi n'a-t-il pas appelé ? Pourquoi n'est-il pas venu me chercher, même au Québec. Je l'attendais si désespérément. A-t-il cru lui aussi que je ne l'aimais plus ?

Cette pensée me donne envie de mourir.

Béatrice

La Jouée, le 16 avril

Il a eu envie de mourir.

Il était descendu dans le Cher voir son père souffrant. La chaudière de la maison, cette maison qui s'appelait *La Jouée,* du nom des farandoles que forment filles et garçons autour des feux de la Saint-Jean, étant tombée en panne, sa sœur, nouvellement mariée, les avait reçus chez elle à Bourges.

Il n'avait pu résister à annoncer tout de suite à ses parents la bonne nouvelle : il avait rencontré la femme de sa vie, il l'épouserait bientôt. Mais cette femme, voici qu'il ne parvenait plus à la joindre ! Lorsqu'il appelait Paris, on lui répondait automatiquement qu'elle était sortie. Et il s'était engagé à se montrer discret tant que la rupture officielle avec le fiancé du Québec n'aurait pas eu lieu. Il avait envoyé à Béatrice une lettre d'amour, sa première. Il lui demandait de venir le rejoindre.

Quelques jours avant Noël, inquiet de son silence, il est rentré à Paris, lui apportant dans son écrin la bague de fiançailles de sa grand-mère et des sanciaux, tièdes encore, dans leur papier d'argent. Il n'a trouvé aucun message sur la table. La tante de Béatrice lui a annoncé que celle-ci avait regagné le Québec et s'y marierait le 15 janvier prochain, comme prévu. Il n'a pas voulu la croire.

Il a appelé à Ottawa où une voix anonyme lui a confirmé que Mlle Béatrice Massenet était bien de retour. On a refusé de la lui passer. On lui a fait comprendre qu'il serait inutile d'insister. Il a rappelé dix, vingt fois, sans résultat.

En ces fêtes de fin d'année, tous les vols pour le Québec étaient complets. Il a décidé de passer par les États-Unis, il louerait une voiture et remonterait jusqu'à Ottawa. Réunir la somme nécessaire, obtenir son visa, lui a demandé quelques jours. Il ne savait plus comment vivre, il ne pensait qu'à elle. Enfin, il a eu dans la main un billet d'avion daté du 27 décembre.

La veille de Noël, voulant lui changer les idées, un ami l'a persuadé de venir réveillonner dans sa famille à Saint-Germain-en-Laye. Au retour, la voiture a glissé sur une plaque de verglas, l'ami a été tué sur le coup.

Lorsqu'il s'est réveillé, il se trouvait à l'hôpital, sa mère à son chevet, pleurant du bonheur de le voir ouvrir les yeux, chercher à parler, demander en un souffle — telles ont été ses premières paroles — quel jour on était. On était le 26 janvier... Sa mère a expliqué que durant plusieurs semaines il avait été entre la vie et la mort. Son père a tenu à lui apprendre lui-même qu'il ne marcherait plus.

Pour les siens, il a décidé de survivre. Seize mois de rééducation lui ont permis de se mouvoir ; durant ce temps, ses parents ont transformé *La Jouée* pour qu'il puisse s'y installer et y vivre de façon autonome.

La pratique de la chirurgie lui était désormais interdite ; il a choisi la psychiatrie. Cette discipline l'avait toujours attiré, elle était compatible avec son handicap. Celui-ci lui servirait même : les gens se confiant plus volontiers à quelqu'un qui, comme eux, se trouvait « en marge ».

Dix-huit ans ont passé.

Puis un jour, à un congrès sur l'enfance maltraitée, on a annoncé dans les haut-parleurs que madame Béatrice d'Artigue allait dire quelques mots de son expérience et il a vu monter sur l'estrade « la plus grave des jeunes filles, la plus fragile des femmes », telle que le grand Meaulnes l'avait, à l'avance, décrite pour lui.

Puis-je continuer, mon amour ? J'ai tant d'autres choses à te dire. Mais je dois d'abord m'assurer que tu me pardonnes de t'avoir si longtemps, trop longtemps, caché que sous la peau de l'ours battait le cœur de celui qui n'avait jamais cessé de t'aimer.

Jean-Charles

Paris, le 19 avril

Jean-Charles, qu'as-tu fait ? Tu n'avais pas le droit de me cacher qui tu étais, de te cacher sous un faux nom et m'amener à aimer Jean, à nourrir tant d'espoir.

Durant presque neuf mois, tu m'as laissée te révéler ma vie, mes pensées les plus intimes sans rien dire. Sais-tu comment cela s'appelle ? De l'abus de confiance. Il fallait tout de suite, dès ce congrès à Versailles, me dire qui tu étais.

J'ai l'impression d'avoir été attirée dans un piège. Pourquoi m'as-tu fait cela, Jean-Charles, pourquoi ?

Béatrice

La Jouée, le 21 avril

Tu es montée sur l'estrade et j'ai su que depuis dix-huit ans je n'attendais que ce moment : te retrouver. Tandis que tu parlais, je me demandais comment t'aborder, j'imaginais ton regard sur mes foutues jambes, un regard de pitié. Inacceptable.

Le président t'a remerciée : « Applaudissons madame d'Artigue. » Mais oui, tu t'appelais « madame » et, de ta vie, qu'est-ce que je connaissais ? Rien ! Sinon qu'un jour, sans un signe, tu avais disparu de la mienne. Volatilisé, mon amour. Je suis parti sans me faire reconnaître.

Mes mousquetaires m'ont fait la gueule, la maison n'était plus que les quatre murs d'une prison autour d'un béquillard, te revoir avait bousillé la petite vie quiète dans laquelle je m'étais installé, non loin de ma sœur, jalousement couvé par Marguerite et Léon qui me considèrent comme leur fils.

Sais-tu quel a été mon premier geste en rentrant ? Chercher ton adresse. Tout en souhaitant ne pas la trouver. Je n'ai pas été exaucé. Je l'ai fixée des heures, tenaillé par le désir de t'écrire pour savoir comment tu vivais, ce que tu étais devenue, Mlle Massenet que j'avais imaginée québécoise alors qu'elle était parisienne. J'ai vaillamment tenu vingt-quatre heures.

Ici, on me connaît sous deux noms : Jean-Charles Le Meillant et Jean Villeneuve. Villeneuve est le nom de ma mère, je le lui ai emprunté pour signer mes articles. C'est celui que j'ai choisi pour t'écrire. L'imbécile ! Je voulais « voir » avant de me dévoiler.

Tu as bien raison de m'en vouloir, Béatrice, je t'ai trompée. Mais qui me disait que tu me répondrais ? Qui me disait que je ne trouverais pas une mère de famille et une épouse comblées ? Alors, j'en serais resté là, promis ! Je n'aurais rien voulu troubler et peut-être serais-je enfin parvenu à t'oublier.

Mais que s'est-il passé ? Dès la première enveloppe lilas, j'ai senti ta main se tendre vers la mienne. Tu m'appelais à l'aide. Et qui découvrais-je ? Une femme douloureuse à qui notre échange apportait, assurait-elle, la seule lumière dans sa vie. Les seules occasions de sourire. Une femme qui me laissait deviner qu'elle avait vécu un drame.

Ah ! ce coup de gong dans ma poitrine lorsque tu m'as confié que tu « haïssais Noël »... Cette joie pleine de larmes lorsque tu m'as appris que tu avais rencontré autrefois le grand amour. Pourquoi alors y avais-tu mis fin ? Que s'était-il passé ? Je devinais un effroyable malentendu, plus que jamais il me fallait savoir.

A plusieurs reprises, j'ai été tenté de t'avouer qui j'étais. Je t'ai tendu une perche en te révélant le nom de la maison, t'en souviens-tu ? Tu n'as pas réagi. Ce nom, je te le disais dans la lettre où, autrefois, je te demandais de me rejoindre. Tu ne l'avais donc pas reçue. Pas plus que je n'avais eu celle où tu m'annonçais ton départ pour le Québec avec ta mère.

Je n'ai pas insisté. « Encore un peu de temps,

monsieur le bourreau, encore quelques lettres, un "rab" de magie... » Car ce que je vivais était magique : tu me venais, tu me revenais telle que je t'avais quittée, intacte, totalement accordée à moi, amoureuse.

Sais-tu qu'à un moment j'ai été jaloux de moi-même ? J'avais envie de t'écrire : « Tu l'oublies bien vite, ton Jean-Charles ! »

De ta mère, il y a dix-huit ans, tu m'avais seulement raconté qu'elle était brillante et mondaine et que vous ne vous ressembliez en rien. J'ai appris par tes lettres qu'elle avait été ta douleur de petite fille et avait gardé sur toi le sombre pouvoir de ceux dont on réclame en vain l'amour. J'ai compris, bien avant que tu ne me le révèles, que l'instrument de notre séparation, c'était elle.

Mais cette fois tu osais lui dire « non », cette fois tu refusais le billet d'avion qu'on voulait t'imposer et c'était moi et non Francis que tu choisissais.

Lorsque je t'ai vue prête à quitter ton mari, que tu m'as demandé de rompre le pacte, je suis retombé sur terre. J'avais failli oublier qu'entre Béatrice et Béatrice, un mauvais génie m'avait pris mes pattes et que je n'avais à offrir à la « femme de ma vie » qu'un infirme, un pauvre gars qui ne tenait plus debout tout seul. M'aimerais-tu encore ? Me pardonnerais-tu mes mensonges ? J'ai eu peur. J'ai voulu reculer. Tu as cru à une dérobade.

Puis Camille-la-fée ! Merveilleuse Camille ! Sais-tu que je l'aime, ta fille ? Et ta lettre si belle... Tu connaissais la moitié du secret ; pour t'amener à deviner l'autre, j'ai demandé un coup de main au grand Meaulnes.

Ma Béatrice, pourquoi cette douleur ? Tu sais tout à présent, plus rien ne nous sépare, n'est-ce pas ?

AVRIL

Devine ce que j'ai fait cette nuit ? J'ai pianoté comme un fou sur un clavier et, comme par magie, dans le bleu, ton numéro de téléphone s'est inscrit. Je l'ai au bout des doigts. Il me brûle.

Mais ne faut-il pas être deux pour rompre un pacte ? A toi de jouer. Je suis prêt, je t'attends, le jardin est en fleurs et ma maison est tienne.

Jean-Charles

Genève, le 23 avril

Béatrice, ma fille,

Ça ne va pas, pas du tout. C'est un S.O.S. que je t'envoie. Depuis la scène que tu m'as faite, je ne vis plus, le sommeil me fuit, j'ai perdu mon bel appétit. Pour tout arranger, je ne parviens pas à te joindre au téléphone : aurais-tu décidé de ne plus parler à ta mère ?

Les Hubert me pressent de t'écrire : « Mettez les choses à plat », conseillent-ils. A peine si tu m'as laissé, l'autre jour, le temps de me défendre. Je t'en prie, écoute-moi, lis-moi jusqu'au bout.

J'ai eu tort, j'en conviens : jamais je n'aurais dû aller rechercher ta lettre. Mais peux-tu essayer de te mettre à ma place ? Que savais-tu, à vingt ans, des réalités de la vie ? Et depuis combien de temps connaissais-tu cet étudiant ? Quelques semaines. Choisit-on, en quelques semaines, le compagnon de toute une existence ? De plus, tu étais, ma pauvre petite, totalement aveuglée par le plaisir découvert dans ses bras.

J'ai cru bien faire, je te le promets, en arrêtant cette missive où tu te promettais à l'un avant de t'être dégagée du serment fait à l'autre. Sache que j'ai souffert moi aussi. Il m'est arrivé de douter et même regretter un geste dicté par la prudence.

Et crois-tu qu'il a été simple, une fois rentrée au Québec, d'empêcher Francis de t'approcher ? De faire bonne figure pour l'entourage et soutenir le moral de ton père qui, ne comprenant rien à ce qui se passait, s'était mis en tête de courir à Paris pour s'y expliquer avec ce jeune homme dont tu lui avais parlé. Il n'aurait plus manqué que cela !

Très vite, tu le sais bien, nous n'avons plus eu le choix. Découvrant ton état, n'as-tu pas été presque reconnaissante à Francis d'être là ? Ma pauvre enfant, ce mariage était désormais la seule issue pour toi. Quant à moi, j'étais certaine que tu finirais par aimer Francis, un garçon prisé de tous.

Je me suis trompée. Vas-tu me reprocher aujourd'hui une erreur commise il y a dix-huit ans ? Comment vivrai-je si ma fille, mon unique enfant, me rejette ? Pense à ton père. S'il était encore parmi nous, il serait déjà allé te chercher et t'aurait ramenée par la peau du cou : il nous aimait tant toutes les deux !

Tiens, si cela peut réparer les choses, j'accepte ton correspondant. Rencontre-le si tu veux, fais ce que tu veux avec lui et même épouse-le si le cœur t'en dit. Je ne te le reprocherai pas, je suis même prête à le voir. La seule chose que je te demande, Béatrice, c'est de penser à Camille et, quelle que soit ta décision, de ne pas oublier la promesse que tu as faite. Il en va de son équilibre et, vis-à-vis de Francis, de notre honneur à toutes les deux.

Bien qu'étant — tu ne t'es pas privée de me le répéter — une mère au cœur sec, sois certaine que j'éprouve pour Camille, « Camomille », comme l'appelait affectueusement ton père lorsqu'elle lui servait son infusion, une profonde affection. Il me semble retrouver en elle un peu de l'énergie, du feu, que je déployais à son âge. Et quoiqu'il y ait à redire sur sa tenue, son langage, je trouve beaucoup d'allure à ma petite-fille.

A propos de langage, me remerciant du chèque que je lui ai adressé pour ses étrennes, elle m'appelle « Napy ». C'est plutôt gentil, Napy ! Est-ce ainsi que les jeunes nomment aujourd'hui leurs grands-mères ?

Encore une dizaine de jours et le chirurgien me retirera mon plâtre. J'appréhende ce moment. Avec leurs scies électriques, on a l'impression qu'ils vont tailler à même la chair. La rééducation sera, paraît-il, longue et pénible. Si j'ai ma fille à mes côtés, si, du moins, je sais qu'elle m'a pardonné, cela me rendra cette épreuve moins difficile à supporter.

Les Hubert me chargent de t'embrasser pour eux. Réponds-moi vite, rassure-moi vite, je n'ai que toi.

Maman

Paris, le 21 avril

Maman, tu mens ! Tu continues à mentir. Pas une seconde tu n'as regretté d'avoir été reprendre ma lettre, au contraire ! Tu as persisté dans ta résolution de me séparer de Jean-Charles. Peux-tu me promettre qu'il n'a pas essayé de me joindre ? Qu'il n'a pas écrit, appelé au consulat, supplié qu'on le laisse me parler ? Oh ! que si, les occasions ne t'ont pas manqué de revenir en arrière. Mais tu as préféré me tuer en me laissant croire qu'il m'avait oubliée.

Tu as menti à papa en lui cachant ton forfait car tu savais que, cette fois, il ne t'aurait pas laissée faire Il voulait aller voir Jean-Charles à Paris ? Quel soulagement cette phrase m'a apporté dans ma douleur : il ne m'avait pas abandonnée, lui, je le savais bien. Et, s'il vivait encore, non, il ne viendrait pas me chercher par la peau du cou, il m'approuverait et te regarderait avec les mêmes yeux horrifiés que moi.

Que le sommeil te fuie, que tu perdes ton appétit, comme je le comprends ! Je ne pourrais plus vivre si j'avais fait une telle chose à Camille.

Je ne connaissais pas Jean-Charles, dis-tu ? Et Francis, le connaissais-je ? Il ne savait parler que de lui : sa carrière, son avenir, le golf, le polo. Je n'étais à ses yeux qu'une gamine irresponsable qu'il se plaisait à diriger. Il m'appelait « sa poupée ». Demande-t-on à une poupée de penser ? de donner son avis ?

A cette époque, il n'était encore ni méchant ni méprisant, il le deviendrait lorsque j'oserais lui répondre autre chose que « oui » et qu'il découvrirait que j'étais incapable de l'aimer, d'aucune façon, mais cela, je ne puis le lui reprocher.

Jean-Charles a été le premier à me regarder comme une adulte. Nous n'avons partagé que quelques semaines mais elles ont été riches d'un véritable échange, de reconnaissance mutuelle. Et la reconnaissance des corps a eu lieu elle aussi, oui maman, j'ai découvert dans ses bras le déferlement de cette vague qui, lorsque l'âme y participe, vous emporte au-delà de vous-même. Sais-tu ce que je me disais alors ? « Je veux bien mourir si c'est dans cette communion parfaite. »

En m'obligeant à épouser Francis, tu m'as offert une autre sorte de mort, à petit feu, dans le malheur. Et tu m'as volé mon corps de femme : je n'ai plus jamais éprouvé de plaisir. Dix-huit ans, maman, dix-huit ans...

Les « réalités de la vie », dis-tu ? Qu'étaient-elles pour toi ? Le fric, les honneurs, le décor. Ah ! non, ne me dis pas que Camille te ressemble ! Si elle vibre, c'est pour les autres alors que tu n'as jamais vibré que pour ta propre personne et il n'a pas dû t'être très difficile de te persuader toi-même que tu agissais pour mon bien en poursuivant ton but. Je n'ai pas compté dans l'histoire.

Je regarde ta lettre ! Je la relis avec indignation. « Très vite, assures-tu, nous n'avons plus eu le choix. » Mensonge encore, maman, mensonge... Lorsque tu t'es aperçue que j'étais enceinte, c'était le moment de me rendre au père de l'enfant que j'attendais. Je t'aurais tout pardonné. Je t'aurais tant estimée. Mais tu as continué à me tromper en me persuadant que la seule issue était d'épouser Francis au plus vite et lui faire croire que cet enfant était le sien.

Et je t'ai écoutée, hélas. Affolée, malade, sans nouvelles de celui que j'aimais, je t'ai écoutée : le grand mariage a eu lieu, Camille est née « prématurément », tu as su à ton habitude arranger admirablement les choses, nul ne s'est douté de rien.

Je me souviens de la nuit où tu m'as demandé de faire un serment, la main sur ton missel : ne jamais révéler à personne que l'enfant que je portais n'était pas celui de Francis. C'est à cause de cette promesse et du remords d'avoir ainsi dupé mon mari que durant dix-huit ans j'ai tout supporté de lui sans rien dire et que je n'ai jamais voulu envisager le divorce. J'ai eu tort : nous aurions tous été moins malheureux, Francis aussi.

Nous l'avons odieusement trompé. Nous avons volé son enfant à Jean-Charles, nous avons privé Camille de son véritable père. Et, comme s'ils l'avaient senti, Francis et elle se sont toujours regardés en adversaires. Il lui a fait beaucoup de mal, tu sais, le père que tu lui as choisi. Dès sa petite enfance, avec une rare habileté, sous couvert d'une apparente tendresse, d'une indulgence infinie, il n'a cessé de la décourager dans toutes ses entreprises ; il la voulait, comme moi, sous sa dépendance. Et, lorsqu'elle se rebellait, c'était le couperet : ces « tu n'aimes pas ton père, tu le regretteras », si dangereux pour l'esprit d'un enfant. Sais-tu comment elle l'appelait ? L'ogre. Tu as donné à l'ogre la petite-fille que tu prétends aimer.

Une dernière chose maman et j'en aurai terminé,

cette fois définitivement. Félicite-toi, tu auras gagné jusqu'au bout ! Je vais mettre fin à cette correspondance que tu réprouvais, je ne rencontrerai pas celui qui m'a redonné goût à la vie, je ne me sens pas le droit de poursuivre sans lui dire toute la vérité. Quand bien même tu m'y autoriserais, je ne le pourrais. Pas à lui !

N'appelle plus à la maison, ne demande plus à me voir, ce serait inutile. Sais-tu ce que tu m'as fait de pire ? Ce que je ne pourrai jamais te pardonner ? Tu m'as amenée à croire que Jean-Charles ne m'avait pas vraiment aimée. J'ai vécu dix-huit ans dans cette souffrance.

Il m'aimait maman, autant que je l'aimais, et tu le savais bien.

Béatrice

Paris, le 26 avril

Je ne t'appellerai pas, Jean-Charles. Je ne viendrai pas dans ton jardin saluer les trois mousquetaires et ne lirai pas les belles histoires offertes sur le vaisselier. Je ne feuilleterai pas les années de bonheur en comptant les draps dans l'armoire à linge. J'avais le droit d'aimer Jean, je n'ai pas celui d'aimer Jean-Charles. Ne me demande pas pourquoi, je ne pourrais te répondre.

Il me semble aujourd'hui avoir toujours su qui tu étais, dès les premiers mots que tu m'as adressés. Te souviens-tu des paroles d'Yvonne de Galais découvrant le grand Meaulnes ? « Je ne vous connaissais pas et pourtant je vous connais. »

Je t'ai reconnu sans le savoir en découvrant sur l'enveloppe l'écriture inconnue, car cette lettre dont tu me parles, envoyée de Bourges alors que tout était encore possible, je ne l'ai jamais reçue. J'ai ouvert l'enveloppe et, te lisant, comme une paix descendait en moi, je me disais : « Enfin. » Enfin le voilà. C'était « enfin le revoilà ». Jean-Charles n'avait pas à être jaloux de Jean. Au plus secret de moi, je sentais qu'ils ne faisaient qu'une seule et même personne.

Mais à quoi bon remuer tout cela puisque plus rien n'est possible ?

Hier, une femme d'une trentaine d'années, distinguée, élégante, s'est présentée à l'Association. Mariée depuis dix ans, stérile, elle souhaitait adopter un enfant.

« Mon mari a une belle situation et il ne manquera de rien, a-t-elle déclaré d'emblée. Nous lui donnerons la meilleure éducation, il pratiquera tous les sports qu'il voudra. »

Ensuite, elle a énuméré ses desiderata : elle voulait un petit garçon de race blanche, garanti sans tares, de préférence aux cheveux et yeux clairs bien que sur ce point elle fût prête à « lâcher du lest ». Si sa demande était satisfaite, son mari ferait un don important à notre association.

Tandis qu'elle parlait, je sentais monter la colère. Ce n'était pourtant pas la première qui venait nous voir avec de telles exigences. Nous refusons chaque jour les candidatures de femmes qui nous réclament le « bébé idéal » qu'elles ont échoué à avoir et auquel elles demandent de combler leur manque.

Je lui ai expliqué qu'une famille était choisie pour l'enfant et non l'enfant pour la famille. Que le bébé devait, en quelque sorte, adopter lui aussi ses parents et qu'à un portefeuille bien garni, il préférait un cœur prêt à l'accepter tel qu'il était.

Elle a éclaté de rire : « Voyons, vous n'êtes pas sérieuse ! Je propose à un petit malheureux une famille en or, dans laquelle il aura toutes ses chances, et vous faites la fine bouche... »

Alors j'ai été violente. « Notre association ne vend pas de bébés sur catalogue, lui ai-je lancé. Un enfant n'est pas un sourire figé de celluloïd, mais des réussites et des échecs, du bonheur et de la souffrance. »

Je lui ai suggéré qu'elle ne visait que son propre plaisir et serait inévitablement déçue. Quant à l'enfant, il aurait toutes ses chances sauf l'essentielle : celle d'être aimé pour lui-même, blond ou brun, futé ou non.

Lorsqu'elle a été partie, j'ai regretté mon attitude. J'ai compris aussi pourquoi je m'étais laissé emporter : cette femme me rappelait ma mère.

Quand maman me regardait, je lisais sa déception dans ses yeux. Je ne lui apportais pas les joies escomptées. Je n'étais pas à la hauteur des projets qu'elle avait formés pour moi. Je ne l'ai été qu'en une seule occasion : lorsque, au Québec, j'ai épousé en grande pompe le fils d'un ambassadeur de France.

D'ici une dizaine de jours, Christian et Martine, le couple dont je t'ai parlé, vont être avertis qu'un petit garçon appelé Jean-Arnaud-Thomas les attend. L'idée de leur bonheur m'aide à vivre. Morgane aussi m'aide à vivre, si courageuse face à son père qui, la voyant persister dans sa décision de nous confier l'enfant, redevient violent.

« Je ne vais tout de même pas le garder pour que ce salaud me le bousille », dit-elle.

Merci au salaud de se montrer sous son vrai jour.

Jean-Charles, mon amour, mon amour. Si tu m'avais écrit en signant de ton nom, je n'aurais pu te répondre. Alors, finalement, merci. Merci de t'être caché. Cela me permet de te dire aujourd'hui pour la dernière fois que je n'ai jamais cessé de t'aimer et t'aimerai toujours.

Béatrice

MAI

« Rosée de mai vaut chariot de fée. »
Dicton.

Paris, jour du muguet

Eh ! oh ! les grandes personnes, à quoi vous jouez ? Apprenez, monsieur l'ours, que ma mère, ça ne va plus du tout ! Terminés les sourires, bonjour les yeux rougis, la lumière qui clignote sous la porte toute la nuit. La maison aujourd'hui ? Pire qu'avant vous : le blues total !

Et quand on cherche à savoir, silence et bouche cousue, larmes ravalées. Et hier, j'avais eu le malheur de parler de certaines lettres qui ne venaient plus : « Tais-toi, c'est fini ! »

Fini ? Pourquoi ? Qu'est-ce qui s'est passé ? Tout allait bien, non ? Tout s'arrangeait. Vous ne m'en voulez pas, au moins, d'être venue vous espionner ? Quand maman a su, elle vous a aimé encore plus. Alors expliquez ! J'ai besoin de savoir, moi : voir ma mère pleurer, je ne peux plus. Et j'en ai assez de faire semblant : d'être gaie, costaud, alors que je suis *down*.

Il s'est passé quelque chose à Genève quand maman est allée voir Napy (Neuilly-Auteuil-Passy), ma grand-mère qui s'est cassé la cheville. Je ne sais pas ce qu'elles se sont raconté mais depuis qu'elle est rentrée, maman ne veut plus lui parler et Napy pleure au téléphone.

Vous vous souvenez, monsieur l'ours ? Je vous avais parlé d'un secret qui empêchait maman d'être heureuse. Ce secret, Napy le connaît, j'en suis sûre ; et si c'était ça ? Maman ne vous a rien dit ? Pas la moindre petite idée ?

Arthur prétend que dans la vie, c'est toujours les mêmes parties qui se jouent. Arthur, c'est le roi de la stratégie. On a placé tous les pions sur l'échiquier : Napy la reine, papa le roi, maman la dame, vous le cavalier. On a planché des heures sans trouver ce qui pouvait empêcher la dame et le cavalier de se rencontrer maintenant que le roi était *out*. Rien trouvé : échec et mat !

Vous aimez ma mère, n'est-ce pas ? Elle vous aime. Alors, pourquoi ce serait fini ? Cette fois, *please*, répondez.

Camille

La Jouée, trois jours après le muguet

Camille-la-fée, c'est bien toi ? Avec le regard-laser des magiciennes et, à tes baskets, deux petites ailes qui te permettent de voir sans être vue et filer avant d'être découverte ?

Tu me diras : « On ne tutoie pas les fées » ; O.K., sauf quand elles sont *down*, c'est-à-dire par terre, ni plus ni moins que nous autres, pauvres terriens. Dans ce cas, il arrive qu'on se permette certaines familiarités, en faisant mine de ne pas voir les ailes pour ne pas froisser les susceptibilités. Mais on se régale en douce : ramasser une fée, quel honneur, quel bonheur !

Sais-tu ce que veut dire « la jouée » ? C'est une danse autour du feu, une danse avec le feu. Béatrice et moi, nous avons voulu traverser les flammes et nous nous sommes brûlés tous les deux. Je ne peux t'en dire davantage. S'il est des choses que ta mère a préféré garder pour elle, ce n'est pas à moi de te les révéler.

Les larmes des mères ont toujours brûlé le cœur des enfants, mais si leurs yeux restent secs, les ravages sont pires encore. Je viens de terminer un article où je parle d'un petit garçon, mort du regard aride de sa mère et des yeux détournés de quelques autres. Il était seul. Tu es plusieurs, tu as cette chance : tu es deux avec Béatrice, et deux avec Arthur, et deux avec moi si tu veux, sans parler des autres. Tu peux employer sans arrêt dans ta journée, le « nous » lumineux qui vous fait le pas léger, la poitrine dégagée. Penses-y lorsque tu es *down*. Ça va mieux, la fée ?

Une faveur, s'il te plaît ! Ne cache pas à Béatrice que tu m'as écrit et même, montre-lui donc cette lettre. Les secrets, tu as raison, c'est dangereux. Et le jour où ça sort, explosif. Dis-lui simplement que je respecterai son silence aussi longtemps qu'elle le voudra mais que *La Jouée* l'attend. Elle t'attend toi aussi.

Salue pour moi le roi de la stratégie. Oui, dans la vie, c'est toujours à peu près les mêmes parties qui se jouent. Nous sommes quelques milliards, depuis des siècles, à faire de mêmes gestes, employer de mêmes mots et verser de mêmes larmes dans des circonstances identiques. Le miracle, vois-tu, est que chacun ait toujours l'impression de jouer sa partie pour la première fois, qu'en chacun les sentiments repoussent tout neufs.

Dans cette partie avec ta mère, j'ai bien peur d'avoir été le fou plutôt que le cavalier. Je la croyais terminée, j'étais un peu *down*, comme toi, et voici qu'une fée, du bout de sa baguette magique, me redonne le courage d'espérer, eh ! oh !

L'ours

Mardi

Napy, urgence ! Le secret, tu t'en souviens ? Le secret de maman, qui la faisait pleurer la nuit et me demander pardon ? Cette fois, tu dois me le dire, sinon, c'est bien simple, on la perd toutes les deux, on la perd pour toujours, c'est ce que tu veux ?

Inutile de me raconter que mes parents ne s'entendaient pas, ça, je le sais depuis toujours. Au début, je priais pour qu'ils se raccommodent. Après, j'ai fait des vœux pour que ça casse un bon coup, c'est exaucé, n'en parlons plus. Et si tu veux savoir, mon père, maintenant, je lui souhaite « bon vent », du fond du cœur, mais pas trop près de nous.

Napy, réponds ! Pourquoi est-ce que maman est *out* depuis que vous vous êtes vues ? Pourquoi refuse-t-elle de te parler au téléphone ? Pourquoi veut-elle tout casser avec celui qui l'a remise sur ses pieds, un type épatant, je le connais ?

Tu dois me le dire. Je compte sur toi.

Camomille

Et cette cheville, guérie ?

Genève, le 14 mai

Ma chère petite Camille,

Tu trouveras dans ce pli l'adresse de ma banque à Paris. Vas-y et demande à parler à monsieur Cousin de ma part. Il est averti. Il te remettra une petite somme qui te permettra d'acheter un billet d'avion aller et retour pour Genève. Arrivée à l'aéroport, tu prendras un taxi jusque chez moi. Je suis de retour à la maison.

Je joins les horaires de vol. Peux-tu venir dès samedi prochain ? En prenant l'avion du matin, tu seras aisément de retour le soir chez toi. Évite de parler à ta mère de ce voyage, j'ai tout lieu de penser qu'elle t'empêcherait de l'effectuer. Elle a coupé les ponts avec moi. Tu sauras bien inventer quelque chose.

Voilà, penses-tu, d'inhabituelles recommandations pour une grand-mère. Ma pauvre petite, ta grand-mère n'est plus aujourd'hui qu'une vieille femme au désespoir qui ignore comment faire pour que sa fille lui revienne.

Est-il vrai que tu appelais Francis « l'ogre » ? Qu'il t'a rendue si malheureuse ?

Je t'attends.

Ta Napy

CRIONS !

par Jean Villeneuve

Hier, devant les assises de Bourges, comparaissait Ghislaine X, accusée de violence ayant entraîné la mort, sans intention de la donner, sur la personne de son fils Gaétan, âgé de cinq ans.

Ghislaine X vivait seule avec l'enfant depuis que son mari, las de scènes conjugales répétées, avait déserté le foyer. D'un milieu privilégié, d'une famille bien connue de la ville, la jeune femme avait ce que son médecin a appelé pudiquement des « sautes d'humeur ». Le petit Gaétan est décédé d'une chute dans l'escalier de leur bel hôtel particulier. La mère a avoué l'avoir poussé dans un geste de colère. Elle a été condamnée à huit ans de réclusion criminelle.

Au procès, Ghislaine X se tenait seule au banc des accusés ; d'autres n'auraient-ils pas dû y paraître avec elle ?

Vous le mari, le père, qui avez fui la maison, abandonnant votre enfant à une femme dont vous connaissiez la violence ; vous qui pleuriez au procès : « Je ne savais pas... jamais je ne me serais douté... », avez-vous vraiment cherché à savoir ? Certes, la garde de Gaétan vous avait été refusée, on vous recevait mal, on vous claquait la porte au nez. Pourtant, cette porte, vous avez trouvé le courage de la forcer une fois, une seule... pour reprendre votre chien dont les plaintes indisposaient les voisins. Votre fils, lui, ne pleurait pas assez fort pour être entendu. Si vous aviez simplement joué votre rôle de père, usé de votre droit de visite, ne pensez-vous pas qu'aujourd'hui, le petit Gaétan serait encore vivant ?

Vous l'assistante sociale, avertie par la directrice de l'école maternelle où chaque matin un taxi conduisait le petit garçon, que celui-ci présentait des troubles graves, s'endormait en classe, refusait de s'alimenter, ne se mêlait pas aux autres enfants ; qui, ayant pris rendez-vous avec Ghislaine X, avez été reçue, je vous cite, « avec la plus grande courtoisie » — on vous a même offert le thé —, avant de voir Gaétan que vous décrivez comme « peu sociable, de caractère renfermé mais fort bien tenu et ne présentant aucune trace visible de mauvais traitements » ; vous que le jardinier a rejointe dans la rue, vous exprimant sa peur : « C'était affreux ce qui se passait ici la nuit, les pleurs du petit, le cris de Madame. Il fallait faire quelque chose » ; vous qui avez choisi de ne pas entendre cet homme et vous êtes contentée de revenir une fois, pour constater à nouveau que tout vous paraissait « normal » : ne pensez-vous pas que si vous vous étiez penchée un peu moins sur la mère et un peu plus sur le petit garçon disgracieux et crispé dans ses vêtements de grande marque, celui-ci aurait une chance, aujourd'hui, d'être encore vivant ?

Vous, le bon docteur de famille, qui connaissiez bien la « petite Ghislaine » pour l'avoir vue pousser ainsi que ses frères et sœurs, et avez reconnu qu'elle avait donné bien du « fil à retordre à ses pauvres parents » ; qui, averti par le médecin scolaire des troubles de Gaétan et l'ayant examiné, avez constaté que sa croissance laissait à désirer, qu'il présentait un retard de langage, mais que rien ne pouvait laisser imaginer qu'il était physiquement mal traité ; vous qui vous êtes contenté de prescrire des fortifiants au petit garçon et diriger la mère vers un psychologue car elle vous avait avoué mal supporter le fils depuis le départ du père : si vous aviez été chercher les blessures plus secrètes infligées à Gaétan, l'humiliation constante, la privation du sommeil la nuit, les repas jetés dans la gamelle du chien ; si, abrité derrière le secret professionnel, vous n'aviez voulu épargner une famille amie, n'est-il pas probable qu'aujourd'hui le petit Gaétan serait encore vivant ?

Vous le psychologue qui durant quelques mois avez suivi régulièrement Ghislaine X, mais n'avez jamais cru bon de recevoir son fils, qui avez estimé qu'elle ne trouverait de salut que par et avec l'enfant et fait savoir au juge — alerté par la directrice de l'école qui ne désarmait pas — que retirer Gaétan à sa mère serait infliger à celle-ci le coup de grâce, choisissant d'ignorer que de le lui laisser risquait d'être le coup de grâce pour lui ; vous, totalement à l'écoute de l'une, sourd à l'autre, qui n'avez pas voulu tenir compte de la lettre de détresse que vous a adressée la grand-mère paternelle de l'enfant, où elle vous suppliait de demander l'hospitalisation de sa belle-fille, « dangereuse » estimait-elle pour Gaétan : si, au nom des liens du sang, vous ne vous étiez pas obstiné à conseiller de laisser le fils à la mère, allant à l'encontre du principe 8 de la Déclaration des Droits de l'Enfant : « Celui-ci doit être le premier à recevoir protection et secours », le PREMIER ! très probablement, le petit Gaétan serait encore vivant.

Vous le juge pour enfants dont cette même aïeule

a fait le siège plusieurs semaines pour vous supplier de retirer Gaétan à sa mère, mais en qui vous n'avez voulu voir, je vous cite, que l'une de ces « belles-mères abusives dont l'occupation favorite est d'empoisonner la vie de leur bru » ; vous qui avez préféré écouter Ghislaine X lorsqu'elle vous racontait ne s'être jamais entendue avec la mère de son époux, sans chercher à comprendre le pourquoi de cette mésentente, et vous êtes contenté d'envoyer une éducatrice une fois par semaine dans le bel hôtel particulier : si vous aviez bien voulu recevoir la directrice de l'école, dépasser l'image facile de la « belle-mère abusive » pour lire dans le cœur d'une grand-mère, si vous aviez pris le temps d'interroger l'enfant hors de la présence de sa mère, ne pensez-vous pas qu'aujourd'hui, celui-ci serait encore vivant ?

Vous l'éducatrice qui lors des trois derniers mois de la vie de Gaétan, les quelques semaines qu'il lui restait à exister, vous êtes présentée régulièrement et à heure fixe chez Ghislaine X — ce qui lui permettait de se préparer à votre visite et se montrer sous son meilleur jour ; vous, « émue », vous l'avez reconnu, « par la détresse et la solitude de cette femme », qui l'écoutiez des heures durant, négligeant le petit garçon au physique ingrat, muré dans son silence, à qui l'on tendait des sablés en votre présence alors qu'un peu plus tard, on le traiterait comme un chien — ce qui, d'ailleurs vous a troublée : alors qu'un jour vous demandiez son nom à Gaétan, il vous a répondu par le nom du chien, n'était-ce pas là un appel ? ; vous qui, à votre tour, avez refusé d'entendre le jardinier vous conjurant « d'enlever le garçon à Madame, et vite », sinon cela finirait mal, car elle buvait et criait de plus en plus fort la nuit... : si vous aviez accepté l'offre de cet homme — que nous avons vu pleurer à la barre du remords de n'avoir pas fait assez — de venir une nuit écouter depuis sa maisonnette de gardien ce qui se passait derrière les murs de la grande maison, si vous aviez prêté un peu moins d'attention à la mère et un peu plus à son petit garçon, celui-ci serait peut-être encore vivant.

Un soir de février, un innocent est mort en tombant dans un escalier, poussé par sa mère ivre. Il est mort de n'en avoir pas été aimé, mais aussi de l'inattention des uns, de la lâcheté ou la démission des autres. La malchance a voulu que la mère fût belle et émouvante et le petit garçon laid et renfermé. Les quelques voix qui se sont élevées pour le défendre n'ont pas été entendues.

Un « malheureux concours de circonstances », a plaidé l'avocat, englobant dans l'expression toute faite, les sacro-saints liens du sang, le respect de l'intimité familiale et du secret professionnel, une famille au-dessus de tout soupçon... Et aussi des travailleurs sociaux surchargés de besogne et une justice manquant de temps et de moyens pour se pencher sur chaque acteur des drames confiés à sa toute-puissance.

Un « malheureux concours de circonstances » a fait que si le chien a pu être sauvé, l'enfant, lui, est resté sur le carreau, mêlant son sang aux veines de la belle dalle de marbre de l'hôtel particulier.

Et nous ? Nous tous ?

Ne nous est-il jamais arrivé de détourner les yeux, de nous boucher les oreilles, de remettre à plus tard, à trop tard ? Deux enfants par jour meurent en France de violence, des milliers d'autres sont en sursis, ils n'ont pas le temps d'attendre, c'est tout de suite qu'il faut les aider.

Pour eux, crions !

La Pouponnière des Oisillons
Martine et Christian Gérard

Ce 15 mai

Je m'appelle Jean, Arnaud, Thomas et je suis venu au monde le 15 février dernier. A ma naissance, je pesais deux kilos, la balance en a inscrit ce matin presque cinq. Mes cheveux sont clairs ; pour mes yeux, on ne sait pas encore mais ils pourraient bien être verts. Il paraît que c'est la couleur de l'espérance, je suis preneur.

Mon papa et ma maman veulent-ils bien venir me rencontrer mardi prochain, le 18 mai, à la pouponnière ? Je les attends avec impatience.

Jean

Paris, le 18 mai

Oui, Jean-Charles, crions ! De révolte devant la mort d'un petit garçon abandonné, d'espoir devant un petit garçon aux portes de l'amour.

A neuf heures, ce matin, je lisais avec émotion ton article. A six heures, ce soir, j'accompagnais Martine et Christian à la rencontre de leur fils. Il y a des jours comme celui-ci qui s'inscrivent d'une encre plus forte dans le calendrier de la vie : ils en modifient à jamais la couleur.

Lorsque je suis arrivée à la pouponnière, Martine et Christian étaient déjà là, attendant dans leur voiture l'heure du rendez-vous. Lui, avait demandé son après-midi afin de se préparer au grand moment. Elle, était allée chez le coiffeur pour faire honneur à son fils. Voyant leurs visages, j'ai compris combien un bonheur longtemps attendu, lorsqu'il est enfin là, peut devenir souffrance.

Nous avons longé plusieurs couloirs pour nous rendre dans le salon de réception. Martine laissait discrètement courir son doigt sur le mur laqué. Était-ce pour garder le souvenir sensible de cet endroit auquel manquaient les odeurs, les bruits, la secrète chaleur de ce que les enfants appellent « la maison » ? Ce qu'elle allait offrir à Jean ?

Certaines personnes, évoquant les moments importants, déclarent : « J'étais comme dans un rêve, je me sentais sur un nuage. » J'éprouvais le contraire : chaque seconde comptait, j'enregistrais tout de cet instant où Martine et Christian n'étaient encore qu'un couple, où ils allaient devenir une famille. Est-ce de l'orgueil de le penser ? Un tout petit peu grâce à moi.

Regarde-les, Jean-Charles ! Martine a soudain du mal à respirer. Elle va à la porte-fenêtre, ouverte sur la cour et tend son visage à l'air frais. Elle veut rester maîtresse d'elle-même, digne, calme, à la hauteur de l'événement.

Christian, lui, ne sait plus que faire de son grand corps d'homme. Cette rencontre tellement souhaitée, voilà qu'elle lui fait peur. Alors il va vers l'épouse, la mère, puiser des forces. Martine comprend et serre sa main.

Regarde-les, soudés par tant de gestes d'amour faits sans en récolter le fruit, tant de déceptions, mois après mois et, aujourd'hui, ce bonheur si fort qu'il les déchire. L'épreuve aurait pu les séparer, elle a formé entre eux des liens que rien ne pourra jamais rompre ; comme des veines invisibles les unissent, un même sang y coule.

La porte s'est ouverte et la puéricultrice est entrée, le petit Jean dans ses bras. Ils sont venus à lui, ils se sont penchés : « Enfin te voilà, enfin nous voici réunis, nous t'avons si longtemps attendu, nous t'aimerons, nous te mériterons. » Leurs regards exprimaient tout cela. Et moi je me souvenais du : « Je ne veux pas de ça » que m'avait lancé un soir, à la porte de mon bureau, une petite fille de quinze ans.

Martine a pris l'enfant dans ses bras puis elle l'a

tendu à Christian. Et ce petit bout d'homme semblait trop grand pour le un mètre quatre-vingt-cinq du père.

Voilà, Jean, Jean-Charles. Je te devais, n'est-ce pas, le récit de cette première rencontre. Il y en aura d'autres avant que Christian et Martine ramènent le bébé chez eux : c'est à lui, à présent, de les adopter.

Je leur ai longuement parlé de Morgane ; ils en savent tout ce que j'étais en droit de leur dire. En signe d'estime et de reconnaissance, ils ont décidé de garder ses prénoms à l'enfant. J'ai accepté d'en être la marraine, tu sais qui, pour moi, en est le parrain.

Je viens de relire ton article : Gaétan... Jean... La justice est-elle autre chose qu'un mot inventé par les hommes pour se rassurer ? Tes dernières lignes m'ont particulièrement touchée. Oui, chacun de nous, un jour ou l'autre, a détourné la tête devant la souffrance, préféré ne pas voir. Moi, j'ai fait pire, Jean-Charles, j'ai choisi de donner la souffrance. J'ai accepté de suivre ma mère et tu as perdu tes jambes. Et je t'ai volé le bonheur auquel tu avais droit. Si tu savais...

Demain, je partirai pour la Normandie. Camille a promis de me rejoindre en fin de semaine ; peut-être Morgane viendra-t-elle aussi, mes filles...

Ma maison est à l'écart de la ville. Pas de téléphone, de télévision, ni même de radio, seulement la mer qui rabâche, ressasse, le même vieux refrain. Si le vent souffle, je l'entends mieux encore. J'aime les ciels gris, la pluie, parce qu'ils sont aux couleurs de l'âme d'une petite fille triste qui revenait toujours s'asseoir face à l'océan, comme on revient près de son seul ami. Il prend mon cri, mes larmes, les brasse avec les autres, les emporte, ne m'en renvoie qu'un peu d'écume vite absorbée par le sable. La mer me rappelle que je ne suis qu'un grain de ce sable, elle me redit à l'infini ces mots dont j'ignore d'où ils viennent : « Tu es une mais des multitudes sont en toi. » La voilà, Jean-Charles, sa « ritournelle », je ne sais pourquoi elle me console, je te l'offre en cadeau d'adieu.

Mon amour, mon amour pour la dernière fois, je ne t'écrirai plus. Ne me réponds pas, tu m'enlèverais tout mon courage. Je te demande de respecter le pacte et de me pardonner.

Béatrice

Toujours mai, encore moi

Monsieur l'ours, j'ai peur ! Peur de vous, avouez que c'est un comble ! Mais j'ai une drôle d'histoire à vous raconter, pas une histoire de petite fille, de celles qu'elles confient, le soir, sur l'oreiller, au compagnon un peu râpé, usé par les caresses, qui peut tout entendre et ne répète jamais, une histoire de grandes personnes comme elles savent si bien s'en inventer pour se gâcher la vie.

Vous l'écouterez jusqu'au bout, n'est-ce pas ? Vous ne me lâcherez pas en route ? Elle tient toujours, l'invitation à *La Jouée* ?

Je suis allée voir Napy à Genève ; elle m'a tout dit.

Oh ! ça n'a pas été facile, croyez-moi. Elle était bien décidée à garder quelques petits détails pour elle, ma grand-mère, et à présent que je suis au parfum, figurez-vous que je la comprends.

On s'est installées sur sa terrasse, elle dans sa chaise-longue, moi à ses pieds, sur un coussin. Il faisait gris-doux, gris-larmes, pas un soupir sur le lac, une atmosphère à confidences. J'ai posé la tête sur ses genoux et j'ai dit : « Vas-y, je t'écoute. »

Elle m'a raconté que maman, fiancée au Québec, était tombée dingue amoureuse d'un autre à Paris.

Alors Napy est allée la chercher par la peau du cou et l'a obligée à épouser celui qu'elle n'aimait pas : Francis. « Voilà, ma petite fille, j'ai brisé le cœur de ta mère, elle ne me l'a jamais pardonné, tu sais tout maintenant. »

Tout ? hum...

Je la connais, Napy ! Quand elle ment, elle a l'air de réciter une leçon, encore plus que d'habitude, parce que, réciter des leçons, elle n'a fait que ça toute sa vie mais c'est une autre histoire.

Je suis restée sur mon tabouret : « Si tu ne me dis pas le reste, je fais comme maman, je te laisse tomber, tu seras toute seule. »

La menace, le chantage aux sentiments, je connais. J'ai appris avec papa et ça me faisait aussi mal qu'à elle, mais je n'étais pas venue pour entendre une moitié de vérité.

Pauvre Napy, elle a résisté longtemps. J'ai refusé de prendre le thé, j'ai laissé passer l'heure de l'avion, j'avais des crampes partout mais je ne bougeais pas. Et à mesure que le temps passait, je la voyais se recroqueviller : plus de grande dame sur la terrasse de sa belle maison, mais une vieille dame qui se craquelait et moi je commençais à paniquer : il devait être sacrément important, le secret, pour qu'elle ait tant de mal à le sortir ! Je sentais comme un orage se former sur ma tête. Pour me donner du courage, je fixais une petite barque sur le lac, je devenais la petite barque dans la tempête, qui ne coule pas.

C'est ma grand-mère qui a coulé.

Sa voix, je ne l'oublierai jamais. Déchirée par ce qui sortait de son cœur comme des calculs, vous savez, ces petits cailloux qui passent par les veines et vous font un mal de chien. Ma Napy, je crois bien qu'elle avait la conscience bourrée de calculs.

Monsieur l'ours, maintenant j'ai envie de vous parler tout bas, en regardant la barque dans ma tête et vous suppliant de ne pas la faire chavirer...

Rentrée au Québec, maman s'est aperçue qu'elle était enceinte. Napy lui a fait croire qu'elle n'avait pas le choix et elle a épousé Francis après avoir juré sur l'Évangile de ne jamais dire à personne que l'enfant n'était pas de lui, le voilà son secret, voilà pourquoi, la nuit, elle me demandait pardon quand papa me dévorait toute crue : je ne suis pas la fille de l'ogre.

Vous êtes encore là, monsieur l'ours ? Vous ne m'avez pas lâchée ? Un dernier détail et j'ai fini : celui que maman avait rencontré à Paris s'appelait Jean-Charles, ses parents habitaient près de Bourges, il étudiait à la faculté de médecine.

Es-tu mon père ?

Fée-orpheline

« Allô ? Allô, c'est Camille ? C'est ma fille, MA FILLE ?

...

Mais qu'est-ce que tu croyais, que j'allais me défiler ? On m'offre le bonheur sur un plateau et je ferais la fine bouche ? Tu me prends pour qui ?

...

C'est ça, ma chérie, pleure, pleure un bon coup. Et écoute, je te prends, je te garde, la fée, avec ou sans ailes. Et tu dois savoir tout de suite, sans plus attendre, que tu as été l'enfant d'un grand amour. La preuve ? Il dure toujours.

...

Je ne comprends rien à ce que tu dis. Si tu te mouchais ? Et la voilà qui rit maintenant ! Faudrait savoir, mademoiselle... Mais bien sûr, je me doutais... Quand ta mère a décidé de tout arrêter... Qu'est-ce que tu voulais que je fasse ? Que je lui dise : "J'ai tout compris : ta petite donzelle, c'est ma fille" ? Tu crois qu'elle m'aurait répondu : "Bravo, bien deviné, Jackpot" ?... Et son serment, son sacré serment, qu'est-ce que tu en fais ? Bon sang, ma chérie, j'ai le vertige. Imagine qu'on soit restés comme ça toute la vie, en sachant tous les deux mais sans oser se le dire. C'est abominable. J'ai eu peur à en crever. Seule une fée...

...

Je peux placer un mot maintenant ? j'ai le droit ? Bien sûr que non, je ne te lâcherai pas, QUOI QU'IL ARRIVE. Et même, on va rattraper le temps perdu. Tu vas en prendre pour ton grade, je te préviens. Oh ! ma chérie, je suis tellement en colère de ne pas t'avoir vue grandir... Je suis si heureux de t'avoir retrouvée, Je ne sais plus où j'en suis : paumé, largué, le psy !

...

Aller là-bas tous les deux ? Lui déballer tout comme ça ? Mais elle est folle, cette fille, MA FILLE. Tu as pensé au choc ?

...

Mais non, je ne me défile pas. J'en crève, moi, d'être si près de ma Béatrice, et si loin pourtant. Écoute, la fée, elle est malade, ta mère : un sale poison qu'une vieille sorcière lui a glissé dans les veines dès sa naissance. Je la connais, cette maladie. Elle est presque aussi répandue que la grippe. Je la soigne tous les jours.

...

C'est ça, tu as trouvé. Ça a commencé avec ta Napy. "Neuilly-Auteuil-Passy", les trois à la fois, comment voulais-tu qu'elle se sente à la hauteur ? Ça a crû et embelli avec Francis qu'elle avait trompé sur la marchandise et avec toi quand il jouait à l'ogre. Il ne manquait plus au tableau que l'ours aux pattes brisées. Elle se croit responsable de mon accident, la pauvrette. Sans compter une certaine Camille qu'elle s'accuse de m'avoir volée, mais ça, si elle me le disait, serment ou pas serment, elle est certaine que le ciel lui tomberait sur la tête. Coupable ! Encore et toujours coupable, condamnée à ne pas s'aimer, à expier. Tu me l'avais écrit dans ta première lettre : "expier", tu avais trouvé le mot toute seule. Elle est douée, ma fille !

...

Non, ma chérie, impossible. Une ardoise de toute une vie, ça ne s'efface pas en quelques mots : "On sait tout." "On te pardonne..." Quand on a attendu dix-huit ans, tu ne crois pas qu'on peut patienter quelques jours ?

...

C'est ça, vas-y puisqu'elle t'attend et, une fois sur place, tu décides, tu suis ton instinct, ça ne t'a pas trop mal réussi jusque-là. Et surtout tu m'appelles, tu m'écris, juré ?... comment tu crois que je vais vivre, moi ?

...

Voilà, tu as tout compris... Maintenant, dis-moi : où es-tu en ce moment ? ... Dans ta chambre ? sur ton lit ? Ah ! un téléphone sans fil, je vois. Moi aussi, j'en ai un figure-toi. Vous avez un père à la pointe du progrès, mademoiselle. Alors place-le sur l'oreiller, ton appareil, c'est un ordre, on ne discute pas. Et maintenant, pose ton oreille tout contre et ferme les yeux. Ce soir, c'est l'ours qui raconte l'histoire. Tu y es ?

...

Il était une fois un poète qui s'appellait Dante. Depuis toujours et pour toujours, il aimait la plus douce, la plus pure des femmes. Il écrivit un poème où, imaginant qu'il était séparé d'elle, il devait, avant de la rejoindre au paradis, traverser un cercle de feu : l'enfer, le purgatoire. Il appela ce poème *La Divine Comédie*.

Maintenant, je vais te confier quelque chose : son poème, Dante l'a écrit pour moi. Mais oui, tout spécialement pour moi. Les poètes, c'est leur boulot de nous chanter ce qui nous arrivera. Des preuves ? D'abord, il a mis dix-huit ans à venir à bout de sa chanson : dix-huit ans, ça ne te dit rien ? Au fait, il faudra me dire quand tu les auras, qu'on prévoie les bougies. Ensuite, celle dont il était séparé s'appelait Béatrice, mais oui... Enfin, les cercles de feu, ma maison en porte le nom : *La Jouée*. Que te faut-il de plus ? Et, si tu veux savoir, l'enfer, je l'ai connu quand j'ai perdu à la fois ma Béatrice et mes jambes. Et le purgatoire, c'est toutes ces années sans lumière... J'ai oublié de te dire : Dante avait un compagnon de route, Virgile. Moi, ça aura été une fée.

...

Mais pourquoi recommences-tu à pleurer puisque je te dis que nous arrivons. Tu ne la vois pas, devant ton nez, la porte du paradis ? Je te dis que nous y sommes, ma fille. MA FILLE.

...

C'est ça, rappelle-moi un peu plus tard... Mais oui, je comprends. Ne mouille pas trop l'oreiller quand même, tu t'enrhumerais... Oui, ma chérie... Oui... moi aussi, moi aussi... »

JUIN

« Fèves fleuries,
temps de folie. »

Dicton.

« Allô Napy ? C'est moi, Camille, Camomille. Tu es assise ?... Mais non, ne balise pas, c'est une bonne nouvelle, une très bonne même : J'AI RETROUVÉ MON PÈRE !

...

Pas Francis, Napy, l'autre, le bon, le vrai : Jean-Charles. Figure-toi que c'était lui qui écrivait à maman.

...

Mais si Napy, il l'avait reconnue à un congrès de je ne sais plus quoi... Eh bien oui, sous un faux nom... Napy, écoute-moi, parfois, il est urgent de faire ce qui ne se fait pas, sinon on crève sur place. Dis-moi, tu crois que ça se fait de marier sa fille de force ? Et dans quel état !... Je sais, on a promis de ne plus en parler, mais...

...

Écoute Napy, il faut que tu comprennes quelque chose. Si je n'avais pas retrouvé Jean-Charles, toi, tu ne récupérais jamais maman... Maintenant écoute : il n'a plus de jambes...

...

Mais non voyons, pas un suicide, un accident : un accident de voiture...

Ta cheville va bien ?... Tu marches sans béquilles ? Je suis bien contente, Napy, mais lui, tu vois, les béquilles, c'est pour la vie. Et il n'est pas chirurgien mais psy...

...

chiatre... psychiatre, pas psychologue. Mais non, il ne t'en veut pas, c'est fait pour tout comprendre, les psy. Et il est extra, il faudra que je te raconte. Tu connais Dante ? C'est un peu grâce à lui qu'on s'est retrouvé, il avait tracé le chemin. Avec Virgile...

...

Mais non, je n'ai pas perdu l'esprit, je t'expliquerai. Mais d'abord, les choses sérieuses ! Il faut terminer le boulot, faire exploser le secret pour que maman ne puisse plus se cacher derrière. Moi, je me charge d'elle, je file à *La Ritournelle*. Toi, tu t'occupes de Francis.

...

Comment : "Non" ? Mais tu n'as pas le choix, Napy, figure-toi. Tu es OBLIGÉE de lui dire. A moins que tu préfères que je passe une annonce dans le journal : "Monsieur Jean-Charles Le Meillant a le plaisir de vous annoncer qu'il se trouve être le véritable père de Mlle Camomille Massenet..."

...

Non, non, Napy, je ne plaisante pas, pas du tout... Ça te fait peur ? Eh bien, écris-lui ! Un mari dans la diplomatie, ça vous apprend à mettre les formes, non ? Et il t'appelait "madame l'Ambassadeur", grand-père ! C'est le moment de passer aux travaux pratiques.

...

Non, non, pas "demain", pas "peut-être", maintenant, tout de suite. Tu écris MAINTENANT, Napy, je suis pressée, moi ! Si tu crois que c'est facile !

...

Je pleure ? Moi, je pleure ? Quelle idée. Les pères : les vrais, les faux, les adoptifs, je suis dedans jusqu'au cou avec le métier de maman. Quand on retrouve le bon, ça vous fait drôle, voilà tout. D'abord, je pleure pas, je ris !

...

Du chocolat ? Volontiers. Tu sais, les petites tablettes de toutes les couleurs avec des paysages... une grande boîte ou rien... merci d'avance, Napy. Je te quitte maintenant, on n'est pas riches depuis le départ de papa — pardon, de Francis —, gare à la note de téléphone.

...

Oui, je te tiens au courant. Et je compte sur toi, n'est-ce pas ? Tu l'écris, cette lettre... Napy, merci, tu es géante. *By*, Napy... *smacks*... »

Genève, ce dimanche de Fête-Dieu

Mon cher gendre,

Comment allez-vous ? J'ai été très sensible à votre appel téléphonique à la suite de mon accident, il est si pénible de se voir soudain diminuée ! A présent, cela va mieux : plus de béquilles et mon chirurgien assure que j'ai « d'étonnantes forces de récupération ».

L'épreuve m'a fait goûter encore davantage le confort de cette maison que je n'aurais jamais pu acquérir sans votre générosité. Recueillie quelques jours par des amis, j'ai réalisé combien j'y étais attachée et quelle déchirure ce serait pour moi s'il me fallait un jour la quitter. A nouveau, merci mon cher Francis.

Voilà qu'il se met à venter et pleuvoir ! On croit les mauvais jours derrière soi, on respire, et tout se détraque. Mais n'en est-il pas ainsi dans la vie ? Qui peut se vanter d'être définitivement à l'abri d'une mauvaise nouvelle ?

Vous me faisiez remarquer un jour que chacun était plus ou moins responsable de ce qui lui arrivait. Il peut cependant advenir que, pensant agir pour le mieux, on déclenche la tempête. Mon mari me reprochait d'être trop impulsive, vous en souvenez-vous ? Et votre père m'appelait « le volcan ». Ah ! que de bons moments nous avons passés ensemble et comme j'aimerais parfois pouvoir revenir en arrière ! Les choses changent trop vite.

Ainsi, l'image de Genève se ternit-elle ! Tous ces étrangers qui nous envahissent... et la drogue, la drogue partout. Figurez-vous que l'on a octroyé à ces malades un parc où on les ravitaille gratuitement en poison et seringues. Ils vivent là comme de véritables animaux sauvages. Une horreur !

Tout ceci fait que l'on regarde d'un œil plus philosophe ses petites misères personnelles et, lorsque je vois par exemple Camille si vive et en bonne santé alors qu'autour d'elle tant d'adolescents « zonent », pour utiliser son langage, je me dis que c'est cela l'essentiel, n'est-ce pas ?

C'est justement pour vous parler de Camille que j'ai pris la plume, mon cher Francis. Arrivée à mon âge, voyez-vous, on a besoin de faire, si je puis m'exprimer ainsi, sa petite *glasnost* personnelle ; et celle-ci peut amener à certains aveux pénibles mais nécessaires.

Vous rappelez-vous qu'à l'époque de vos fiançailles, ma Béatrice était venue à Paris commander son trousseau et sa robe de mariée ? Vous en aviez d'ailleurs profité — ne le prenez surtout pas comme un reproche — pour enterrer fort joyeusement votre vie de garçon, tout Ottawa en faisait des gorges chaudes. Figurez-vous que, de son côté, Béatrice avait rencontré à Paris un jeune étudiant en chirurgie dont elle s'était entichée.

En ayant été avertie, j'étais vite allée la chercher et l'avais ramenée au Québec. Si je n'avais pas cru bon de vous en parler à l'époque, c'est que je n'attachais pas plus d'importance à ce petit « coup de folie », qu'à vos propres amusements. Ne faut-il pas que jeunesse... Mais une jeune fille court d'autres risques !

Sans doute vous souviendrez-vous que Béatrice était rentrée souffrante à Ottawa. Quel ne fut mon désarroi lorsque j'en découvris la raison : son état. Oui, Francis, oui hélas, vous avez bien compris : son état ! Je tiens ici à prendre l'entière responsabilité du choix que j'ai fait de laisser aller les choses. Pouvez-vous essayer de comprendre ? Nous étions à deux semaines du mariage, Béatrice était désespérée, je ne savais à quel saint me vouer, il fallait un père à cet enfant. Bref, j'ai décidé de me taire et fait promettre à ma fille de garder elle aussi le silence. Le mariage a eu lieu comme prévu. Un si beau mariage...

Pourquoi cet aveu aujourd'hui ? Eh bien, buvons le calice jusqu'à la lie : il se trouve que par le plus grand des hasards — je teins à le souligner —, Béatrice a retrouvé celui dont elle s'était éprise autrefois. Figurez-vous que c'était lui le mystérieux correspondant au sujet duquel nous nous sommes tant interrogés. Je vous dirai tout de suite que le malheureux est infirme : il a perdu l'usage de ses jambes. De plus, il est « psy », je ne sais plus quoi et, comme vous le savez, ils sont tous un peu détraqués. Bref, il se cachait sous un faux nom pour, en quelque sorte, tâter le terrain. Ma Béatrice n'a découvert le pot aux roses que ces tout derniers jours. Elle est bouleversée, Camille aussi connaît la vérité, bref, tout le monde est au courant, sauf vous. J'ai donc jugé de mon devoir de vous avertir. Puisque vous avez décidé de vous séparer, n'est-il pas préférable que la situation soit tout à fait claire afin que chacun n'ait point scrupule à refaire sa vie ?

Mon cher Francis, je sais quel coup ces révélations vont vous porter. J'ai appris que, par bonheur, vous aviez ce qu'on appelle une « consolation » ; elle vous aidera à supporter le choc. Rendons à Béatrice cette justice que, son erreur passée, elle s'est toujours montrée la plus fidèle des épouses.

J'ose espérer que vous ne me tiendrez pas rigueur pour une faute commise il y a dix-huit ans. Si je vous disais avoir agi ainsi parce que je vous appréciais, cela pourra vous paraître paradoxal, c'est pourtant la vérité.

Tiens, la pluie a cessé ! C'est comme un pardon. Je vais aller marcher un peu autour du lac, à pas comptés, car ma tachycardie me gêne beaucoup et les trop gros efforts, comme d'ailleurs les émotions, me sont déconseillés.

Me permettez-vous, mon cher Francis, de vous embrasser malgré tout ?

Votre Éléonore Massenet

Camille à la plage. Dimanche

S.O.S., monsieur l'ours, tempête sur la Normandie ! Je voulais vous appeler, impossible : pas de téléphone à la maison, la première cabine à trois kilomètres, de toute façon j'ai perdu ma carte et pas question de laisser maman toute seule.

Elle sait, monsieur l'ours, elle sait que je sais et elle sait que vous savez. Francis a cassé le morceau. Et pas en douceur, croyez-moi.

Pourtant, ça n'était pas trop mal parti. On était arrivées vendredi soir avec Morgane. Maman avait fait un feu d'enfer pour nous accueillir. Remarquez, les feux, c'est obligatoire ici, hiver comme été. *La Ritournelle*, c'est un phare : l'eau, le vent, les mouettes, les algues et les coquillages, on vit dedans. Tout rouille et pour le sel fin c'est une catastrophe, mais on y est bien. C'est grand-père, le mari de Napy, qui avait acheté la maison. Il disait que ça lui plaisait de pouvoir attacher son bateau à sa tête de lit. Maman adorait son père, ils passaient leur vie sur la mer. Napy s'installait au palace du coin.

Bref, vendredi, après s'être bourrées de galettes, on avait joué aux cartes : poker menteur. On était même arrivées à faire rire maman. Hier, samedi, on s'était baignées toutes les trois. Glacée, l'eau, mais ça faisait du bien de se faire souffrir un peu. On venait de rentrer et se faisait le thé et les tartines quand on a entendu la voiture.

Francis a débarqué comme un fou dans la cuisine. Il a jeté une lettre à la tête de maman : « Est-ce que ta mère est gâteuse ou ce qu'elle raconte est-il vrai ? »

Maman est devenue verte. Pendant qu'elle lisait la lettre, j'ai regardé Francis dans les yeux : « Je sais ce que Napy t'a écrit, c'est moi qui lui ai dit de le faire et tout est vrai. » Napy avait promis, je lui faisais confiance. Après, je me suis tournée vers maman : « Il n'y a plus de secret, plus de vœu, tout le monde est au courant, même Jean-Charles. » Je voulais l'empêcher de démentir.

Francis nous a regardées toutes les deux, l'une, puis l'autre, comme si on s'était mises d'accord pour le tuer. Il a dit d'une drôle de voix :

« Et voilà ! » Maman est sortie en courant. Il l'a suivie.

« C'est qui, ce fou furieux ? a demandé Morgane.

— Mon père n° 2. Les histoires de famille faut pas croire que ça t'est réservé. On a bien le droit d'en avoir nous aussi. »

Sur le moment, cela a eu l'air de lui faire plaisir mais après elle s'est inquiétée : « Je vais pouvoir rester quand même ?

— On sera pas trop de deux pour réparer les dégâts. »

Je crânais mais j'étais mal, j'étais vraiment mal, monsieur l'ours. On entendait la voix de papa au salon, très basse, noire, rocailleuse, même plus la force de crier. « Et voilà ! »... comme il avait dit ça. Et voilà : plus de femme, plus de fille, l'ogre abattu par le Petit Poucet, plus d'ogre ! C'était moi qui avais tout déclenché et maintenant je regrettais presque : j'aurais jamais pensé que Francis viendrait, je ne savais pas qu'il m'aimait. Et à côté, ils se déchiraient à cause de moi, ils souffraient à cause de moi : « Camille, Camille », je ne pouvais pas m'empêcher d'entendre mon nom, « Camille, Camille », ... et tout ce que Camille trouvait à faire, c'était de se brûler la langue avec le thé, comme elle s'était glacé les os avec la mer, exprès. Un jour, il faudra que vous m'expliquiez ça, monsieur psy.

« C'est plus la peine de te boucher les oreilles, a dit Morgane. C'est fini, on ne les entend plus. »

Je lui ai défendu de bouger et j'ai foncé dans la voiture de Francis. Ça sentait bon le cuir des sièges, son eau de toilette. Les petites provisions de voyage étaient là : les sous pour les péages, les bonbons à la menthe, les cigarillos. Quand on partait en vacances, j'aimais bien m'asseoir devant et, si Francis était de bon poil, il me permettait d'allumer son cigare.

Il est arrivé presque tout de suite. Il ne m'a vue que quand il a été assis.

« Qu'est-ce que tu fous là ?

— Je t'attendais.

— Pour quoi faire ? »

C'est alors que c'est venu et ce n'était pas prémédité : « Pour te dire que je t'aime. »

Ça l'a terrassé. Il a posé son front sur le volant, comme un grand blessé. Moi, je ne pouvais plus respirer. J'ai ajouté : « Si tu crois qu'on va arrêter de se voir, tu te trompes. »

Il est resté un moment sans rien dire, sans bouger. Après le bain, j'avais juste retiré mon maillot et enfilé un peignoir. Je tremblais de froid. Il a relevé la tête et regardé les dunes, les herbes griffantes que le vent pliait et le ventre frissonnant de la mer.

« Pourquoi elles m'ont fait ça ? Elles n'avaient pas le droit. Quelle connerie, mais quelle connerie...

— Si j'avais eu mon mot à dire, crois bien que je les en aurais empêchées. »

J'essayais de rigoler pour tenir le coup mais je pensais que la connerie, c'était qu'il se soit conduit à la maison comme un vrai facho. En le voyant désarmé, je commençais à comprendre ce qu'on avait perdu.

« Qu'est-ce que tu vas faire ?

— A ton avis ?

— Tu dois passer l'éponge, sinon maman ne se pardonnera jamais. »

Ça non plus, ce n'était pas prévu, mais même à moi il donnait le blues, alors maman...

« Et puis quoi encore ? Tu veux peut-être que je lui dise bravo ? »

J'ai appuyé ma tête sur son épaule et j'ai fermé les yeux comme lorsqu'on descendait en Espagne en roulant de nuit pour avoir moins de monde. J'adorais rouler de nuit. Tout devenait magique, plus profond. Je lui ai dit : « Tu te souviens quand tu jouais à l'ogre ? J'avais peur que tu me manges pour de vrai. »

Il a eu un rire : « Pauvre idiote. » Puis il m'a repoussée, mais doucement : « Il faut que j'y aille. Et toi, tu ferais mieux d'aller te changer, tu claques des dents. »

Ce n'était pas seulement le froid. Je lui ai dit : « Roule pas trop vite », pour lui répéter que je l'aimais et il est parti comme une fusée.

Monsieur l'ours, vous ne m'en voulez pas ? Tu ne m'en veux pas ? C'est quand j'ai dit à Morgane que Francis était mon père n° 2 que j'ai compris : j'ai besoin qu'on se réconcilie.

Elle était toujours à la cuisine où elle avait avalé la

moitié de la baguette : elle a arrêté de mâcher quand je suis rentrée. Je lui ai dit qu'elle pouvait continuer et je suis allée retrouver maman au salon.

Maman était devant le feu. Je suis venue m'asseoir à côté d'elle. Elle n'osait pas me regarder.

« Certains manquent de père, moi j'en ai deux, finalement je préfère. »

Elle s'est tournée vers moi, timidement.

« Alors tu ne m'en veux pas ?

— Bien sûr que si, terriblement ! De ne pas me l'avoir dit avant. Quant à ton ours, il est fou de joie. Il nous attend. »

C'est mon défaut : je fonce. Je n'aurais jamais dû dire ça alors que la place de Francis était encore chaude. Maman s'est mise à pleurer.

« Je ne sais plus ce que je veux, Camille. Je ne sais plus rien. Francis a raison : j'aurai gâché la vie de tout le monde. »

Là, ça a débordé, j'en avais vraiment assez : « Et apparemment, tu as l'intention de continuer. Jean-Charles, tu n'as jamais pensé qu'il avait des droits lui aussi. Et maintenant, tu voudrais me priver de mon père. Bravo ! Pour quelqu'un qui s'occupe du bonheur des enfants ! »

Elle n'a pas répondu. Elle s'est levée, elle est montée dans sa chambre et depuis on l'a à peine vue.

Monsieur l'ours, vous aviez raison : ce genre d'ardoise, ça ne s'efface pas d'un coup. Mais on finira par la récupérer, n'est-ce pas ? Dante, sa Béatrice, il la retrouve ?

Je vous écris de la plage. J'ai décidé de prolonger en Normandie. Difficile de laisser maman toute seule. De toute façon, le bac de français, je le sentais mal barré, vous voyez, l'hiver a été mouvementé à la maison, pas idéal pour la concentration. Mais l'année prochaine, c'est promis, je le décroche. Tu m'aideras ? Tu me manques papa, mais pour l'instant je crois qu'il vaut mieux que tu ne bouges pas. Je t'appelle dès que je suis rentrée à Paris.

Il est midi, le vent envoie plein d'embruns dans les yeux. Ça m'étonnerait qu'on se baigne aujourd'hui. Morgane vient de s'asseoir à côté de moi. Devine ce qu'elle fait ? Elle écrit une lettre elle aussi. Et à qui elle écrit ? A son fiston. Elle m'a tout expliqué : quand il aura dix-huit ans, s'il a envie de retrouver sa vraie mère, on lui donnera la lettre.

A dix-huit ans, j'ai retrouvé mon vrai père. Et nous voilà comme deux idiotes sur le sable, la larme à l'œil, la goutte au nez, en train d'envoyer des bouteilles à la mer.

La vie, monsieur psy, qu'est-ce que tu en dis ?

Camille

Ce dimanche 10 juin 1991, en Normandie
(5 km de Cabourg)

Mon bébé, mon grand garçon,

Je m'appelle Morgane et c'est moi ta maman, la première. Dans trois jours, j'aurai seize ans, toi, quand tu liras cette lettre, tu en auras dix-huit, c'est-à-dire que tu seras plus vieux que celle qui t'écrit, dans un autre siècle en plus, ça fait drôle, ça intimide.

Je ne sais pas par où commencer. Béatrice m'a dit que ça n'avait pas d'importance, qu'il fallait laisser parler son cœur. Mon cœur, ce matin, il m'encombre, je sais plus où le mettre, espérons que c'est bon signe.

Ce que je voulais te dire, c'est qu'à la maison ça balisait tout le temps. Mon père jouait les caïds, jamais content. Il ne cogne pas, c'est pas ça, il te fait mettre à genoux, dans ta tête ou pour de vrai, et demander pardon tu ne sais même pas de quoi. Mon père, il ne m'a jamais prise dans ses bras. Il ne m'a jamais dit que j'étais jolie. J'avais même plutôt l'impression de le dégoûter, tu vois ! Alors, à l'école, je me rattrapais : il fallait que les garçons soient très gentils avec moi, qu'ils me disent que je leur plaisais et tout, le plus de garçons possible. Sur ce plan-là, j'étais jamais rassasiée. C'est comme ça que tu es venu.

Maman s'en est aperçue la première. Moi, je n'y avais pas pensé. J'ai même cru qu'elle blaguait pour me fiche la frousse. Quand le docteur a confirmé, tu étais déjà en route depuis trois mois. Mon père m'a virée. C'est comme ça que j'ai rencontré Béatrice qui s'est occupée de nous.

Elle m'a expliqué qu'il y avait des tas de gens qui ne pouvaient pas avoir d'enfants et qui rêvaient chaque jour d'un petit garçon comme toi. Sans me forcer ni rien, elle m'a fait comprendre que peut-être ce serait plus facile pour eux de t'élever parce qu'ils s'y préparaient depuis longtemps. Alors j'ai accepté de te confier, même quand mon père a changé d'avis et qu'il a voulu nous reprendre tous les deux. Ce que je voulais te dire, c'est que si j'ai décidé ça, ce n'était pas parce que je t'aimais pas, au contraire.

Quand je t'ai vu à la pouponnière, j'ai eu envie de t'emmener, tout de suite, en courant. Avec tes cheveux tout doux, tes grands yeux, tu étais la première chose réussie que j'avais faite, mon premier 20 sur 20. Tout le monde t'admirait et c'était comme si on m'admirait moi. Ah ! comme j'ai eu envie si tu savais, comme j'ai eu envie. En plus, j'avais encore le droit, il suffisait que je le dise et c'était réglé. Mais pas réglé pour toi, mon pauvre lapin, puisque j'aurais dû te ramener à la maison vu que j'allais encore à l'école. Et toute ta vie tu aurais dû demander pardon pour ne pas être venu dans les règles.

C'est parce que je m'étais mise à t'aimer que je ne me suis pas sauvée avec toi ce jour-là.

Alors, quand les imbéciles qui n'y comprennent rien me disent en faisant les gros yeux : « Vous avez abandonné votre enfant », moi, je leur réponds qu'il y a « donné » dans abandonné et que l'amour ça peut être aussi de se priver de quelqu'un, Béatrice me l'a expliqué, et aujourd'hui je me sens plus vieille que ma mère qui ne l'a pas compris et voulait te garder.

Je ne sais pas encore le métier que je vais faire mais je voudrais être à la hauteur pour si on se rencontre un jour. Parfois, c'est idiot, j'imagine que je deviens chanteuse, actrice ou quelque chose comme ça. Tu me reconnais dans les journaux ou à la télé. Mais ne t'en fais pas, je sais que c'est du rêve, moi, rêver, je n'ai fait que ça dans ma vie pour me sauver.

Béatrice va mettre cette lettre au coffre et quand tu auras dix-huit ans, si tu as un petit coup de cafard ou même pas, si tu te dis : « Tiens, j'aimerais bien la voir celle-là, celle qui était ma maman, la première », on te donnera la lettre et mon adresse aussi si tu veux. Il paraît que tes parents adoptifs sont déjà d'accord. Mais peut-être que tu ne penseras jamais à moi, que tu n'auras pas envie de venir voir à quoi je ressemble, ou peut-être je serai morte, ou partie loin, on ne peut pas savoir et ça fait mal.

Maintenant j'arrête parce que je voulais te faire une lettre gaie et voilà que je chiale. Une larme, un petit grain de sable, un rayon de soleil, mon cœur, je mets tout ça dans l'enveloppe, je n'ai rien d'autre à te donner.

Morgane

Paris, le 14 juin

Béatrice, j'ai joint hier maître Lebret qui s'occupera de notre divorce. Il souhaite te voir dès ton retour à Paris. Appelle-le.

Pour l'appartement, tu peux y rester jusqu'au terme d'octobre, nous verrons alors ce que nous ferons pour les meubles. Peut-être le reprendrai-je ? On décidera. J'y suis passé lundi prendre quelques effets et j'ai pu constater que Camille n'était pas là. Ses études, bien sûr, tu t'en fiches. Mais tu me répondras que ce n'est plus mon affaire.

Je reste sous le coup de ce que, contrainte et forcée, tu as été obligée de m'avouer. Comment as-tu pu accepter de me tromper ainsi ? Et moi qui pensais épouser une fille propre ! Ma pauvre Béatrice, au fond, tu as toujours été lâche ; lâche et faible. Devant ta mère qui te dictait ta conduite, devant ta fille à qui tu cédais et cèdes encore tout, et faible devant cet homme, ce Jean-Charles, qui n'a eu qu'à réapparaître pour que tu sabotes dix-huit ans de mariage où j'avais tout fait pour te rendre la vie facile.

Quant à ta mère, elle n'a pas de cœur. Elle ne pense qu'à elle, son confort, sa maison. Tu ne l'intéresses pas plus que moi. Rassure-la : je ne l'arracherai pas de cette maison, mais qu'elle sache que je ne pourrai plus jamais penser à elle sans horreur.

Finalement, cette faiblesse, tu la tiens de ton père qui rampait devant sa femme. Je peux te le dire aujourd'hui : tout le monde riait de lui à l'ambassade et certains l'avaient surnommé « le ver de terre »... Tu comprends pourquoi ? « amoureux d'une étoile ».

Je suis malheureux.

Francis

Genève, le 14 juin

Béatrice,

J'ai retrouvé dans mes affaires la lettre ci-jointe ; elle t'était destinée. Comme tu pourras le constater, elle n'a jamais été ouverte.

La date d'expédition ne se lit plus guère sur l'enveloppe mais je puis te dire celle de son arrivée à Paris : le 20 décembre 1973, il y a un peu plus de dix-huit ans. Nous étions reparties la veille pour le Québec où tu allais épouser Francis. Par ma grande faute.

Ayant reçu cette lettre, ta tante m'avait appelée à Ottawa pour savoir si elle devait la faire suivre. Je lui avais ordonné de la détruire, mais tu la connaissais : une lettre, comme un livre, c'était sacré pour elle et elle n'avait pu s'y résoudre. Elle me l'a remise il y a trois ans, peu avant de mourir, me demandant de lui pardonner de l'avoir gardée. Du coup, je n'ai pas eu le cœur, moi non plus, de m'en défaire. Je m'en félicite aujourd'hui.

On peut lire sur l'enveloppe le nom de la ville d'où elle est partie : Bourges.

Ma petite fille, me pardonneras-tu un jour ? Je ne vis plus.

Ta mère si malheureuse

Bourges, le 18 décembre 1973

Ma Béatrice, ma douce, mon cœur, tu me manques tant ! Deux jours seulement que je t'ai quittée et déjà je ne supporte plus ton absence, je ne supporte plus ce silence. Hier, j'ai appelé chez ta tante et elle m'a répondu que tu étais sortie. Je n'ai pas osé insister mais je lui ai laissé mon nouveau numéro de téléphone. A cause d'une stupide histoire de chaudière, figure-toi que nous avons dû nous rabattre pour quelques jours sur Bourges, dans l'appartement de ma sœur.

Vite, appelle-moi ! Vite, que tout le monde sache que nous nous aimons. Je suis si fier de toi. Mais j'arrête, sinon tu vas te moquer.

As-tu eu des nouvelles de ta mère ? Et Francis ? Oh ! mon amour, je le plains mais ne parviens pas à m'en vouloir tant j'ai la certitude que ce qui est arrivé DEVAIT ARRIVER : nous sommes faits l'un pour l'autre.

A peine descendu du train, j'ai parlé de toi à mes parents. Maman a pleuré de bonheur, elle t'attend. Papa est tout ragaillardi à l'idée de voir débarquer un de ces jours un petit Le Meillant. Un enfant de toi, ma Béatrice...

Hier, je suis allé faire une longue promenade en forêt. Le vent était rude, le sol gelé craquait sous les pas, plus que jamais il me semblait marcher à côté du grand Meaulnes. Je pensais à ce soir de Noël où Frantz de Galais attend en vain sa fiancée, où Augustin Meaulnes rencontre Yvonne, celle dont il pressent, en un tranquille éblouissement, qu'elle sera sa femme. Et soudain j'ai éprouvé une terrible angoisse : si, comme elle, tu disparaissais ? Si je ne te retrouvais plus ?

J'ai ri de moi mais l'angoisse demeure, je ne puis m'en débarrasser. Si mon père n'était souffrant, je serais déjà dans le train pour te retrouver.

Mon amour, ma Béatrice, si tu venais ? Dis tout à ta tante, tant pis, elle comprendra ! Demande-lui de faire suivre courrier et appels et viens, oui, viens. Nous passerons Noël ici ensemble, nous dégusterons les beignets de la fête, les sanciaux, je te présenterai la maison de mon enfance et t'expliquerai son nom, *La Jouée*. Tu sauras pourquoi je souhaite que notre mariage ait lieu à la Saint-Jean.

Oh ! mon cœur, viens, viens par le premier train, je n'en peux plus de t'attendre, je t'aime si fort, je te veux si fort.

Jean-Charles

Ce lundi, lendemain de la Saint-Jean

Ah ! ma pauvre Marie, quelle aventure ! Pour une Saint-Jean, c'en aura été une drôle. Et elle n'a pas fini de brûler dans ma tête, tu peux me croire. Si je te disais que le docteur Le Meillant, tu le connais, lui si brave, nous a remué les sangs toute la journée ? Mais que je te raconte du début.

J'étais au jardin, profitant d'un rayon de soleil pour étendre les draps malgré qu'on soit dimanche, quand un taxi s'est arrêté au tournant du chemin. Une dame en est sortie, plutôt jeune, avec une petite valise. Elle a attendu que le taxi soit reparti pour avancer comme si elle voulait pas qu'on la voye arriver ; c'était à *La Jouée* qu'elle allait.

Deux heures venaient de sonner et le docteur buvait son café à l'ombre en lisant un de ses journaux où on voit tout l'intérieur du corps de l'homme et qu'il donne ensuite à mon Léon pour y mettre les girolles à sécher. Bref, la dame arrive au portillon, elle le voit et s'arrête, on dirait que d'un coup elle est paralysée. Lui, il sent quelque chose parce qu'il lève le nez, et voilà qu'il la voit aussi et qu'il laisse tomber son journal. Alors elle court, elle galope plutôt et si je te dis qu'elle lui tombe dans les bras, à genoux dans l'herbe et dans les bras, tu as bien entendu, ma chère. Et lui il la garde et la serre comme s'il avait peur qu'elle s'envole, le docteur qui n'a seulement jamais voulu regarder une femme et pourtant, malgré ses jambes, ce n'était pas les candidates qui manquaient, tu le sais, il est si gentil, si généreux et son métier attire : on a l'impression qu'il vous lit en dedans.

Mon Léon rebinaillait son carré de vigne. J'ai vite couru pour l'avertir et on est montés dans la chambre, de là où on voit, même si on ne cherche pas, tout ce qui se passe à *La Jouée*. D'ailleurs, ce n'est pas le docteur qui s'en plaindrait avec ses jambes ; tu te souviens du jour où un de ses fous l'avait menacé avec un revolver ? Si on n'avait pas été là ! Il me dit souvent : « Marguerite, vous êtes mon ange gardien. »

En attendant, ils en étaient toujours au même point sur la pelouse, à se serrer puis se regarder, puis se serrer encore et se regarder à nouveau. Pour t'avouer, j'avais la larme à l'œil et Léon aussi, ça se voyait à la façon dont il me pinçait la taille. Ils sont restés comme ça je ne peux pas te dire combien. On n'entendait pas ce qu'ils se racontaient mais ils s'en racontaient et je crois bien qu'elle pleurait. Ils ont quand même fini par rentrer dans la maison. Elle l'aidait à marcher, maintenant ils riaient, on ne savait plus que penser.

Et c'était la Saint-Jean, n'oublie pas, ma pauvre ! La musique montait de partout qui brouillait encore plus les idées, la vielle, la cornemuse et leurs instruments électriques. Les fumées montaient aussi, le vent nous portait l'odeur des feux, sans doute que les danseurs étaient pressés de commencer la farandole !

Avec Léon, on avait prévu d'aller y faire un tour et

le fagot était prêt, mais vu ce qui se passait à côté, on a préféré rester et on l'a pas regretté, tu vas voir.

Je venais de mettre le clafoutis en route avec les cerises que veulent bien nous laisser les oiseaux, les noires sont sucrées à point cette année ; il devait être vers les six heures quand on a entendu un drôle de bruit de ferraille sur le chemin. Cette fois c'était une voiture toute peinturlurée qui s'arrêtait devant *La Jouée*. Un garçon et une fille en sont sortis avec des sacs à dos, habillés pareils comme sont les jeunes aujourd'hui. Ils ont passé le portillon et sont allés carillonner à la porte du docteur. Je ne sais pas qui leur a ouvert mais comme on les a pas vus ressortir on a pensé à un lien avec la dame de l'après-midi et tu vas voir que c'était pas faux.

On n'en finissait pas de s'interroger, j'en avais oublié mon clafoutis, les bords avaient roussi et Léon me le sortait du four en se brûlant les doigts quand on a sonné à la porte ; la petite jeune fille était là avec un grand sourire.

« Madame Marguerite (tu vois qu'elle connaissait mon nom) est-ce que vous n'auriez pas un peu de farine ? On voudrait faire des sanciaux. »

Je lui donne sa farine, tout un paquet. Et là, je prends mon courage à deux mains et je demande : « Le docteur n'a besoin de rien d'autre ? Alors comme ça, vous le connaissez, mademoiselle ? »

Et elle, elle se met à rire et devine un peu ce qu'elle me répond ?

« Et comment je le connais puisque c'est mon père ! »

Son père ! Heureusement que Léon était là pour me rattraper.

Ma pauvre Marie, je n'en suis pas encore remise. Tu crois connaître les gens, tu les vois naître, tu les gâtes, tu laves leur linge et passes leur soupe, et tu t'aperçois au bout du compte qu'on t'a volé tout l'important ! Le docteur avait une grande fille comme ça et nous on n'en avait jamais rien su. Léon dit que c'est sûrement avec la dame. Mais comment ça se fait qu'elle a attendu tout ce temps-là pour se montrer ?

Je n'ai pas fermé l'œil de la nuit, tu peux me croire. D'autant que ça avait donné des idées à Léon, à son âge, tu t'imagines, les hommes, il ne leur en faut pas beaucoup ! Moi, j'avais la tête à l'envers, si je te disais que je ne savais même plus quelle année on était. Et cette musique qui ne s'est éteinte que quand l'aube s'est allumée.

A ce qu'il paraît, la Saint-Jean a été très bien réussie partout : des feux à n'en plus pouvoir compter et des danseurs endiablés ; il y en a même qui ont rencontré le loup-garou. Ça pourra te sembler bizarre mais une idée me trotte dans le crâne que je ne peux pas m'en débarrasser : à leur façon, le docteur et sa jeune dame, eux aussi l'ont faite, leur jouée, ils ont traversé les flammes.

Léon vient de passer. En taillant les rosiers du docteur, il les a entendus qui prenaient le café dans la salle à manger. Les jeunes, eux, dorment encore, les volets de la chambre sont fermés. Léon n'a plus ses oreilles d'antan mais il paraît que le docteur n'arrêtait pas de répéter : « L'amour, l'amour, Béatrice » ou quelque chose comme ça. Au moins, on saura comment elle s'appelle.

Je te quitte maintenant pour aller lui porter le linge de la semaine et prendre le sale par la même occasion comme je fais tous les lundis. Au passage, je leur cueillerai une branche d'églantine, elle est lourde en fleurs cette saison. Avec un peu de chance, on me présentera ; te fais pas de souci, je te tiendrai au courant.

Et voilà la pluie qui retombe ! Tout est à l'envers cette année : pas d'hiver, un printemps comme un été et un été qui à peine commencé semble avoir l'intention de nous fausser compagnie. Pour te raconter, le coucou a déjà changé son chant !

Tu sais ce qu'on dit : « Fèves fleuries, temps de folie », pour les fèves, je suis pas allée y voir mais pour la folie, sûr qu'on est servis.

Allez, je te fais la bise. A la prochaine ma pauvre Marie, bien des choses à Virgile.

Ta sœur Marguerite

« Allô Napy ? Camomille à l'appareil. Écoute bien, ça y est, on a gagné. ON-A-GA-GNÉ !

...

D'où je t'appelle ? De *La Jouée*, chez lui, chez mon paternel. On y est tous, même Arthur. Je ne sais pas ce que tu as raconté à maman mais elle a lu ta lettre et elle est partie, tout de suite, le premier train. Et maintenant elle rit tout le temps, c'est crispant.

...

Jean-Charles ? Mégasympa. J'arrive pas encore à l'appeler papa tout haut mais ça viendra. Napy, à propos de noms, je voulais te dire, je préférerais t'appeler Mamie comme tout le monde, c'est plus doux, qu'est-ce que tu en penses ?

...

Pas question ? Tu refuses ? Tu tiens énormément à Napy ? Tu trouves ça branché, chic et tout... Tout le monde adore autour de toi ? Ben... bon... si tu y tiens.

...

ENCORE ! Tu veux encore que je t'écrive ? Décidément c'est une manie... *Cool* Napy, *cool*, O.K., je m'incline, une grande bafouille avec tous les détails, promis. La famille, on pourra dire qu'elle aura engraissé la poste cette année !

...

Je t'entends pas, Napy, tu parles drôlement... Mais qu'est-ce qui t'arrive ? Arrête de pleurer puisque je te dis que tout est réglé ! Je te passe maman.

TABLE

*Composition réalisée
par C.M.L., Montrouge.*

Cet ouvrage a été réalisé par la
SOCIÉTÉ NOUVELLE FIRMIN-DIDOT
Mesnil-sur-l'Estrée
pour le compte de la Librairie Arthème Fayard
en décembre 1990

Imprimé en France
Dépôt légal : décembre 1990
N° d'édition : 998 – N° d'impression : 16582
35-33-8414-01
ISBN 2-213-02642-4